K.Nakashima Selection Vol.23

阿弖流為《アテルイ》

中島かずき
Kazuki Nakashima

論創社

阿弖流為

装幀　鳥井和昌

目次

日の国若き時、
其の東の夷《ひな》に蝦夷《えみし》あり。
彼ら野に在りて、未だ王化に染《したが》はず。
山を駆けること禽《とり》の如く、
草を走ること獣の如し。
かの長の名は阿弖流為《アテルイ》。
帝、これを悪路王《あくろおう》と呼び、
邪《あ》しき神姦《かだま》しき鬼と
怖れたり。

◉登場人物

阿弖流為《アテルイ》

坂上田村麻呂《さかのうえのたむらまろ》

立烏帽子《タテエボシ》／鈴鹿《スズカ》

藤原稀継《ふじわらのまれつぐ》

蛮甲《バンコウ》

御霊御前《みたまごぜん》

佐渡馬黒縄《さどまのくろなわ》

飛連通《ひれんつう》

翔連通《しょうれんつう》

無碍随鏡《むげのずいきょう》

阿久津高麻呂《あくつのたかまろ》（覆面男1）

大伴糠持《おおとものぬかもち》（覆面男2）

大嶽《オオタケ》

阿毛斗《アケト》

阿毛留《アケル》

阿毛志《アケシ》

都の人々／朝廷軍の兵士／偽立烏帽子党

女官／踊り女／都の人々／蝦夷の女性たち

―第一幕―　禽の如く　獣の如く

【第一景】

古き時代。日の国。

帝の血族が祟り神となり、新しき都が生まれすぐに廃れる、そんな時代。

暗闇に浮かぶ無数の人影。

その人影は集まり、一つの言葉を紡ぐ。

神に呪われそして愛された北の男と、人と神との間に立ち都を護る定めに生まれた男の戦い、その物語の幕開けを告げる言葉である。

人々　日の国若き時、その東の夷《ひな》に蝦夷《えみし》あり。彼ら野に在りて、未だ王化に染《したが》わず。帝《みかど》彼らを疎み兵を持って滅せんとす。是即ち帝人兵《みかどびとへい》。都人《みやこびと》これを皇戦《すめらいくさ》と呼ぶ。

処は帝都。季節は春。満開の桜。

貴族も庶民もあわせて花見を楽しむ人々で大賑わいである。

踊り女達が華やかに踊る。

中でも踊り女の長は際立って美しい。

その踊りに拍手を贈る人々。

と、そこに現れる盗賊の一団。

烏帽子を深くかぶり目をくりぬいて覆面にした、和風ＫＫＫ団のような出で立ちの野党たちだ。直刀を持っている。

覆面男１と２が指揮している。

覆面男１　我ら立烏帽子《たてえぼし》党。都に住むすべての者に、北の民の恐怖を！
覆面男２　蝦夷の恐ろしさ、思い知るがいい！

盗賊に襲われる人々。口々に「蝦夷が来たぞ」「殺される」などと悲鳴を上げ逃げ惑う。

が、踊り女達は逃げない。

覆面男１　なんだ、貴様は。
覆面男２　立烏帽子党が怖くはないのか。

踊り女の長が答える。

踊り女の長　ええ、ちっとも。

覆面男1　なんだと。

踊り女の長　なるほど、立烏帽子党は北にすむ蝦夷の民。帝の軍が蝦夷征伐に動いていることに怒り、都で盗賊行為を働いている。それは確かにその通り。でも、あなた方は畏るるに足らず。なぜならあなた方は蝦夷でもなければ立烏帽子党でもない。

覆面男1　たわけたことを！

覆面男2　何を証拠に！

踊り女の長　蝦夷は誇り高き民。たとえ盗みを行おうとも、決して顔を隠しはしない。顔を隠すということは、都で顔がばれてはまずい。つまり都に住まう者だということ。

覆面男1　ぬぬぬぬ。

覆面男2　ええい、問答は無用だ。やれ。

踊り女の長　そうはいかない！

という言葉を合図に、隠し持っていた両刃剣を抜く踊り女達。盗賊達に剣を突きつける。

覆面男1　お、お前達⁉

踊り女の長　我らは立烏帽子党。帝も畏れる盗賊だ。されど、狙うは朝廷の倉のみ。むやみやたらに民を襲う貴様達とは志が違う。

覆面男2　なにい。
踊り女の長　誇り高き蝦夷の名を騙り、乱暴狼藉悪行三昧極悪非道の限りを尽くす盗っ人どもの正体を暴いてやろうと、踊り女姿に身をやつし、貴様らが来るのを待っていたのさ。
覆面男1　では貴様が。
踊り女の長　おうさ。どこのどいつか知らないが、蝦夷を名乗るは片腹痛い。立烏帽子党の頭目、立烏帽子とは私のことだ。

踊り女の長こそ立烏帽子党の頭目立烏帽子であった。

立烏帽子　ささ、その間抜け面、拝ませてもらおうか！
覆面男1　ええい、女風情が生意気に。
覆面男2　我らが偽物だということが噂になっては面倒だ。ここにいる者どももあわせて、全員斬ってしまえ。

人々にも襲いかかる盗賊達。その人々を守るように戦う立烏帽子党の女達。

立烏帽子　縁《ゆかり》なき者達は、とっとと逃げな。刀持たぬ者達まで傷つけようとは思わぬ。それが蝦夷の誇りだよ。

と、一人の若者が騒ぎに駆けつける。
坂上田村麻呂《さかのうえのたむらまろ》だ。

田村麻呂　待て、待て、待て待て待て待て。

と、人々が口々に「田村麻呂！」「田村麻呂様だ！」「坂田の若様！」などと声をかける。
その声に応える田村麻呂。

田村麻呂　おう。みんな、安心しろ。この田村麻呂がきたからにゃあ、都の連中に手出しはさせねえ。

人々、喝采する。

田村麻呂　話はきかせてもらったぜ。都を騒がす立烏帽子党も許せないが、その名を騙って悪事を重ねるとは尚許せない。お前らまとめてこの俺が、お縄にするから覚悟しな。

と、腰の刀を抜いて構える。但し鞘《さや》ごとだ。

立烏帽子　なんとも威勢のいいお兄さんだね。役人かい。
田村麻呂　役人じゃねえ。ただのおせっかいだ。但し、俺の目の黒いうちは、この都で悪党をのさばらせはしない。姓は坂上、名は田村麻呂。都の虎と人は言う。

人々、歓声。

田村麻呂　喜んでないで逃げろ。巻き込まれると怪我するぞ。

人々は、その言葉に蜘蛛の子を散らすように逃げ出す。
田村麻呂と立烏帽子党、そして盗賊達の三すくみの戦いが始まる。
と、田村麻呂と立烏帽子、丁々発止。
その隙に逃げ出そうとする覆面男1、2。

覆面男1　ええい、ひけ、ひけえ。
田村麻呂　あ、待て。

その時、一人の男がつぶやきながらフラリと現れ、覆面男達の前に立ちはだかる。

男　わひとを　ひたり　ももなひと　ひとはいえども　たむかいもせず……。

覆面男1　な、なんだ、お前は。

男　そう簡単に逃げられると思うな。

立烏帽子、その男の歌を聞きその顔を見てハッとする。

男、田村麻呂、立烏帽子、それぞれ一瞬互いを見合う。

覆面男2　どけい！

打ちかかる盗賊達。男、刀を抜くと盗賊達を斬っていく。

田村麻呂　おい、待て。殺すな。

と、止める田村麻呂を無視して斬り殺す男。

盗賊の大半は斬り殺されて消え、残るは覆面男1、2。

焦る田村麻呂。

田村麻呂　く。

田村麻呂、やむなく覆面男二人を守るため、男に立ち向かう。その隙に、立烏帽子とその一党は駆け去る。

男　どけ。
田村麻呂　いくら賊でも無闇に殺すな。
男　邪魔をするなら貴様も斬る。
田村麻呂　それも困る。
男　刀を抜け。
田村麻呂　抜きたくても抜けないいんだ。こいつは刀じゃねえ。刀の形をした棒だ。（刀の錠を見せる）
男　なりはでかいが見せかけか。この都と同じだな。
田村麻呂　おお、同意見だ。
男　ほう。
田村麻呂　同意見だが、それでもここが俺の生きる場所だ。乱暴狼藉は見過ごせない。まあ、見せかけの都を護るには見せかけの刀で充分だ。

と、田村麻呂、逃げようとしていた覆面男1、2を刀の柄で打ち気絶させる。

田村麻呂　こいつらは俺に預けてくれ。

男　自分を斬ろうとした輩を助けるか。随分甘い男だな。

田村麻呂　こいつらは立烏帽子党を名乗った一味。盗っ人の名前を騙って悪事をやるなんざ、悪党の中でも下の下の所業。それをわざわざやるってことは。

男　何かの企みがあるってことか。

田村麻呂　そういうことだ。

男　立烏帽子党は。

田村麻呂　それはあとだ。今はこいつらの方が気に入らない。

男　面白い男だな。

うなずき、剣をおさめる男。

覆面男1、2に活を入れ起こす田村麻呂。

田村麻呂　起きろ。こい、屋敷でゆっくり話を聞く。

覆面男達を連れて立ち去ろうとする田村麻呂、男に振り返り。

田村麻呂　あんた、名前は。
男　そうだな、お前が都の虎なら、さしずめ俺は北の狼。

ここより男の名を北の狼と記す。

田村麻呂　北の狼ねえ。都に住んでるのか。
北の狼　気の向くままだ。
田村麻呂　なるほど。……手助け感謝。ま、縁があったらまた会おう。
北の狼　俺は逢いたくないね。
田村麻呂　（笑って会釈すると、盗賊たちに）さあ、とっとと来い。

覆面男達を引き連れて、立ち去る田村麻呂。
一人残る北の狼。田村麻呂達が消え去るのを見送っている。
と背後から立烏帽子が現れる。踊り女ではなく盗賊の姿になっている。背に、両刃剣を結わえている。

立烏帽子　危ない所をありがとうございました。

北の狼　おぬし、立烏帽子党か。まだこんなところにいたのか。

立烏帽子　一言お礼をと。

北の狼　盗賊風情、助けるつもりもなかったが、蝦夷を騙る輩を見過ごすことはできなかった。

立烏帽子　やはり。

北の狼　なにが。

立烏帽子　あなたも北の民、蝦夷の男ですね。

北の狼　ああ。しかし、なぜわかった。

立烏帽子　わひとを　ひたり　ももなひと　ひとはいえども　たむかいもせず……。この歌に聞き覚えがありました。

北の狼　そうか。これは蝦夷の歌だ。おぬしらに響くのも当然か。

立烏帽子　はい。お名前をお教え下さい。

北の狼　名前はない……。

立烏帽子　え。

北の狼　俺は、蝦夷の掟を破り、名前と過去を封じられ、北の国を追われた。

立烏帽子　掟を。

北の狼　ああ、蝦夷が奉じる荒覇吐《あらはばき》の神の怒りを買った俺は、もはや北の国に帰ることもできぬ。都との戦が始まっても、故郷のために戦いに戻ることもできはせん。せめて、この都で蝦夷のためにできることがしたい。

立烏帽子　その気持ち、同じでございます。
北の狼　同じだと。盗賊風情が何を言う。
立烏帽子　それもみな、戦のため。
北の狼　戦のためなら何をしてもいいというか。いくら都の民だろうと、その者達を襲い、盗みを働いていいわけがない。
立烏帽子　誤解なさるな。我らが襲っていたのは、朝廷に与する貴族達の倉だけ。間違っても人は殺さぬ。
北の狼　貴族の倉だと。
立烏帽子　そう。戦のための資金が納められた倉。蝦夷をほろぼさんと北を攻める帝人軍の軍資金。狙うはそれだけ。たとえ故郷を離れても、せめて仲間のために手助けがしたい。
北の狼　その志にも異を唱えるおつもりか。
……。
立烏帽子　私もあなたと同じでございます。神の怒りを買い、北の国を追われた身。己の名前はおろか、好きな男の顔と名前も封印されて、この都に流れ着いた。
北の狼　なに。
立烏帽子　女だてらに立烏帽子党を名乗り盗賊一味を率いたは、蝦夷のためともう一つ、その愛しき男を捜すため。
北の狼　しかし、名も顔も知らぬ男をどうやって捜す。

立烏帽子　これがある。

懐から布に包まれた物を取り出す立烏帽子。
布を開くと赤い水晶玉のようなもの。

北の狼　……それは。
立烏帽子　私が捜している男もこれと同じ物を持っている。

北の狼、黙って懐から守り袋。その中から同様の赤い水晶玉を出す。
赤い光が辺りを包む。

立烏帽子　やはり、あなたが。
北の狼　この都で、北を追われた二人が巡り合ったと言うことか。
立烏帽子　帰りましょう。我らが故郷、日高見《ひたかみ》の国へ。
北の狼　え。
立烏帽子　帝の軍から我らの故郷を守るため、ともに帰りましょう。
北の狼　……それは出来ない。
立烏帽子　なぜ。

北の狼　……俺は荒覇吐の神の使いを殺した。俺は呪われた。戻れば今以上に災いをもたらす。
立烏帽子　だから黙って見ているというのですか。
北の狼　……。
立烏帽子　あの時、あなたは私を救ってくれた。荒吐《あらばき》の山で、獣に襲われた私を。それが神の使いでも、あなたは人の命を守るために戦った。ならばなぜ、故郷を守るために戦えない。
北の狼　お前の命を救って、二人は呪われた。俺たちは互いの顔も名前も心の底に封じ込められ、バラバラに里を出された。二度と巡り会えぬ。二度と思い出せぬ。二度と故郷に戻れぬ。それが神の呪いだ。
立烏帽子　ですが、もうその呪いは解けている。
北の狼　なぜ。
立烏帽子　こうして巡り合った。それだけではない。私にはあなたの名が言える。どんなに心の底に封じられようと、今、あなたに会ってはっきりと思い出した。
北の狼　なに。
立烏帽子　阿弖流為《アテルイ》。蝦夷の中の蝦夷。禽《とり》よりも早く山を駆け、獣よりも早く草を走る。阿弖流為。それが、あなたの名だ。

背の両刃剣を差し出す立烏帽子。

立烏帽子　この剣は、あなたの剣。蝦夷の誇りの両刃の剣。あなたが神の獣を倒した時使ったものです。

北の狼　それは故郷を離れる時に捨てたはずだ。

立烏帽子　私が拾ったのです。もう一度お会いした時にお返ししようと。さあ。

両刃剣をとる北の狼。すらりと剣を抜くとその剣身の輝きを見つめる。
大きく息を吐く北の狼。確かに彼こそ阿弖流為だった。

阿弖流為　……確かにそうだ。俺は阿弖流為。

立烏帽子　おお。

阿弖流為　……よく思い出してくれた、鈴鹿《スズカ》。

立烏帽子　おお、私の名も。

阿弖流為　ああ、思い出した。命を懸けて守った女の名だ。神に背き神に封じられた俺とお前の名前を、今、取り戻したぞ。

立烏帽子　阿弖流為様。

阿弖流為　鈴鹿。

立烏帽子　さあ、帰りましょう、北の国へ。

阿弖流為　いや、まだだ。
立烏帽子　え。
阿弖流為　……都とは悲しいところだ。
立烏帽子　え。
阿弖流為　これだけ人が暮らしているのに、夜の闇はこんなにも深い。確かにこれだけ闇が深ければ、都の外には鬼が棲むと信じてしまうのかもしれない。
立烏帽子　鬼？
阿弖流為　この都の連中のうわさ話さ。奴らは蝦夷のことを〝北の鬼〟と思っている。
立烏帽子　……鬼ですか。面白い。都の者どもに北の鬼の怖さ思い知らせてやりましょう。
阿弖流為　いや、それではおさまらぬ。
立烏帽子　え。
阿弖流為　都の闇のその底に潜む愚かな奸物どもが、蝦夷を騙り傷つけた。許せぬきゃつらの悪行三昧、見事暴いてみせようぞ。いざ、参るぞ鈴鹿。
立烏帽子　心得た。

都の闇に向かい駆け出す二人。

――暗　転――

【第二景】

宮中。

大臣禅師無碍随鏡《むげのずいきょう》と御霊御前《みたまごぜん》が顔を合わせる。御霊御前の後ろには女官達がついている。

随鏡　これはこれは、御霊御前。帝のご様子はいかがですかな。

御霊　蝦夷征伐のことでお心を傷めておられます。

随鏡　蝦夷どもか。奴らも手強い。困ったものですな。

御霊　そういえば、都を騒がす蝦夷の一党を捕らえられたとか。あの、烏帽子がどうとか。

随鏡　立烏帽子党。

御霊　おう、それじゃそれじゃ。

随鏡　すでに死罪としております。ご心配なく。

と、そこに、田村麻呂が現れる。怒っている。

田村麻呂　お待ち下さい、随鏡様。
随鏡　おお、田村麻呂か。どうした。
田村麻呂　一発殴らせていただく。

と、襲いかかろうとする。驚く随鏡。

随鏡　ななな、なにを。

間に入る御霊。

御霊　田村麻呂！
田村麻呂　姉上。
御霊　落ち着け、田村麻呂。
田村麻呂　どいてください。
御霊　いや、どかぬ。こともあろうに大臣禅師無碍随鏡殿に乱暴を働くなど、この宮中でそのようなことが許されるとお思いか。
田村麻呂　しかし。
御霊　（随鏡に）弟の無礼はよく言い聞かせます。ここは、私に。随鏡殿はささ、はよう。

御霊、随鏡に去るように言う。

随鏡　おお、では。

二人目配せすると、随鏡去る。

田村麻呂　あ、待て。

御霊　待つのはそなたじゃ。いったい何を考えておる。

田村麻呂　せっかく俺が捕らえた賊を、ろくな取り調べもせずに死罪にしたのですよ。

御霊　あれは帝に逆らう蝦夷の一党。取り調べるまでもないでしょう。

田村麻呂　奴らは蝦夷ではない。蝦夷を騙った都の者という疑いもあった。

御霊　いい加減になさい。立烏帽子党探索は本来他の者の役目。なぜお前がしゃしゃり出る。

田村麻呂　俺はただ、この都を護りたいだけです。

御霊　いいですか、田村麻呂。坂上家は元々今の帝と同じ高麗からの渡り人の血筋。古来より、大和《やまと》の国を一つにまとめ治めるという帝の宿願を支えるのが務めなのです。そのために自分が何をなすべきか考えなさい。

田村麻呂　だから都を襲う賊を退治したいのですよ。

御霊　それは余計なこと。
田村麻呂　都とそこに住まう民草も護れずして、帝の治世を護れるというのですか。
御霊　お前は何もわかっていない。

と、そこに右大臣藤原稀継《ふじわらのまれつぐ》が現れる。

稀継　いやあ、頼もしい。実に頼もしい。さすがは田村麻呂だ。
田村麻呂　おお、小父上《おじうえ》。
御霊　こら、田村麻呂。右大臣である稀継様に小父上とは無礼なことを。
稀継　いやいや、私が許しておるのじゃ。この若者の気性に惚れ込んだのはこの稀継。そう、頭ごなしに叱らんで下され。
御霊　稀継様がそのように甘いことを言われるから、この子がまた図に乗るのです。今も、無碍随鏡様に、いわれなき乱暴を。
田村麻呂　いわれはあります。
稀継　ああ、話はそこで聞かせてもらった。確かに、詮議なきままの死罪は少し性急すぎるな。
田村麻呂　でしょう。
稀継　わかった。私の方から随鏡殿を諫めておく。おぬしの怒りはわかるが、今は静まれ。

田村麻呂　……小父上がそう言われるのなら。

御霊　甘過ぎまするぞ、稀継様。

稀継　いやいや。田村麻呂のこのまっすぐな気性は都の者はおろか、宮中の若者達の心を掴んでいる。この男がまっすぐに伸びてくれれば、いずれこの都の柱となる。私はそう思うておる。

田村麻呂　ありがとうございます。

稀継　ここであったは丁度いい。実は、そなたに頼みがあった。

田村麻呂　と、言いますと。

稀継　北の国で蝦夷と戦《いくさ》が行われているのは知っておるな。帝のご威光でこの国全体を一つに纏めるために、やらなければならない聖戦だ。ただ、まあ、思いのほか奴らも手強い。

田村麻呂　そう聞いています。

稀継　しかも冬の山は雪で覆われ兵の移動も食料の補給も、なかなか思うようにはいかない。西の熊襲《くまそ》を平定したときとは、どうも勝手が違うようだ。

田村麻呂　雪ですか……。

稀継　帝もお怒りだ。とりあえず私も一度は行かなければならなくなった。蝦夷の国に。

田村麻呂　右大臣が自ら。

稀継　そう。この戦、始めるはたやすいが終えるのはほんとうに難しい。そこで是非お前の

田村麻呂　力を借りたい。
稀継　え。
御霊　征夷大将軍として、この稀継を助けてくれ。
田村麻呂。都を護りたいのなら北を治めるが何よりの手立て。坂上家の男子の誇りはそこにこそある。
田村麻呂　そうでしょうか。
御霊　なに。
田村麻呂　俺にはどうも、そうは思えんのです。
御霊　おじけづきましたか。
田村麻呂　義はいいんです。人は義に生きる。そうだと思います。でも戦になるとそれが大義になる。義と大義、大という字がつくだけでどうも胡散臭くなる。
御霊　口がすぎますぞ、田村麻呂。
稀継　義と大義か。なかなか面白いことを言う。だが、都の中にいるだけでは見えぬこともあるぞ。
田村麻呂　……少し考えさせて下さい。
稀継　良い返事を待っておる。

立ち去る田村麻呂。

それを見送る稀継と御霊、闇に消える。

×　×　×　×

田村麻呂、宮中からの帰り道。
飛連通《ひれんつう》、翔連通《しょうれんつう》が現れる。

飛連通　若！
田村麻呂　おう、飛連通に翔連通か。どうした。
飛連通　どうしたではありません。無碍随鏡様を殴りに行くと耳にしたので。
翔連通　とにかく止めねばと参った次第です。
田村麻呂　ああ、あれか。あれは小父上に諭された。
飛連通　おお、藤原稀継様に。
翔連通　さすがは、右大臣。よかった。
田村麻呂　それよりもな、蝦夷征伐の大将になれと言われた。
飛連通　若が。
田村麻呂　ああ、征夷大将軍だとさ。
飛連通　これはめでたい。坂上家の誉れです。御霊様もさぞやお喜びになるでしょう。
田村麻呂　ああ、たっぷり喜んでた。その分俺はげんなりしたが。
翔連通　またそのような。

田村麻呂　どうも頭が上がらないんだよなあ、あの人には。

と、闇から姿を現す立烏帽子。

立烏帽子　ほほう、そなたのような若輩者が征夷大将軍とはな。都もよほど、人がおらぬか。
田村麻呂　お、お前は。
立烏帽子　またお目にかかりましたな、都の虎どの。
田村麻呂　立烏帽子党の頭目だったたな。何しに来た。
立烏帽子　この都の闇のご案内に。
田村麻呂　ほう。

立烏帽子、微笑むと駆け去る。

田村麻呂　待て、今度は逃がさぬ。

と、彼女のあとを追う田村麻呂。続く飛連通、翔連通。

――暗　転――

【第三景】

無碍随鏡《むげのずいきょう》邸。

座敷にいる二人の男達。阿久津高麻呂《あくつのたかまろ》、大伴糠持《おおとものぬかもち》だ。そこに随鏡が戻ってくる。

高麻呂　おお、随鏡様。ご心配をおかけしました。

糠持　申し訳ありません。

と、頭を下げる二人。

随鏡　よいよい。しょせん、坂上の跳ね返りの小僧の暴走よ。

高麻呂　まったく、あの男ときたら。

糠持　すべて随鏡様のお知恵ともしらず、差し出がましい真似を。

随鏡　いうないうな。いくら一人で張り切ろうと、あんな若僧にはどうすることもできんわ。よしんば捕らえられても、すぐに解き放てる。表向きは死罪になったことにしているから、田村麻呂も追及出来ぬわ。

高麻呂　さすが随鏡様。

糠持　蝦夷に化けて随鏡様に逆らう連中を襲って金を奪う。都の連中の蝦夷憎しの気分は高まる、随鏡様の懐は潤う。一石二鳥とはこの事ですね。

随鏡　こらこら、人聞きの悪い。儂は私利私欲で動いているわけじゃない。すべては帝の大望、大和の国統一のためよ。

高麻呂　と、いう名目で、己の私服を肥やす。

糠持　我々はそのおこぼれを預かる。

随鏡　ま、そういうことだ。うははははは。

全員高笑い。

と、そこに男の声。

声　わひとを　ひたり　ももなひと　ひとはいえども　たむかいもせず……。

高麻呂　あ、あの声は。

糠持　まさか。

と、闇に一条の光。

すっくとたつ阿弖流為。手に両刃剣。

阿弖流為　そのまさかだよ。

高麻呂　で、出た。

随鏡　奇っ怪な歌を詠《うた》いおって。

阿弖流為　お前たちのような者に贈る歌だ。

随鏡　なんだと。

阿弖流為　大和《やまと》の者は百人力と人は噂するが、いざ手合わせすると、手向かいすらできない。ざっと、そんな意味かな。

随鏡　な、何を偉そうに。貴様、何奴。

阿弖流為　北の狼。

随鏡　北の狼ぃ。

阿弖流為　蝦夷に化けて都の人々に恐怖を植え付け、あまつさえ、罪なき人を惨殺し私腹を肥やす無碍随鏡。その一味、阿久津高麻呂、大伴糠持。天が見逃そうと、この狼の牙からは逃れられぬぞ。

剣を抜く阿弖流為。

随鏡　ええい、気持ちよさそうに見栄きりおって。お前たち。

子飼いの武士達が現れる。

随鏡　やってしまえ。

高麻呂、糠持を先頭に襲いかかる部下達。
阿弖流為と彼らの戦い。武士達をさばいて、高麻呂、糠持を追いつめる阿弖流為。

阿弖流為　奪った金銀はどこに隠した。言え。（と、刀をつきつける）
糠持　ち、地下です。この屋敷の下に。
高麻呂　なんなら運び出してお手元に。
随鏡　だから、命ばかりは。
三人　命ばかりは、おたすけを。
阿弖流為　……最低だな、お前たち。

と、そこに駆け込んでくる田村麻呂。

田村麻呂　これはいったいどういうことだ、大臣禅師！

随鏡　た、田村麻呂。

阿弖流為　おお、また会ったな。

田村麻呂　さすがは北の狼、鼻が効く。

阿弖流為　おぬしこそなぜここが。

田村麻呂　立烏帽子党の女頭目のあとを追ってな。この屋敷の中に消えたので追ってきたのだが、おかげで面白い話が聞けた。大臣禅師が盗賊を指図していたとは。地に落ちたな、無碍随鏡！

随鏡　いや、これは。

と、地下を探っていた飛連通と翔連通が戻ってくる。

田村麻呂　どうだ。

翔連通　確かに、地下の穴蔵に莫大な財宝が。

飛連通　間違いありませんな。

田村麻呂　ゆっくり話をきかせてもらいましょうか、随鏡殿。

随鏡　くそう、こうなればやけくそだ。かかれ、お前たち。

田村麻呂達に襲いかかる武士達。
それを倒す田村麻呂、飛連通、翔連通。
随鏡を取り押さえる飛連通。

飛連通　おとなしくなされ、大臣禅師。
随鏡　おのれー。

騒ぎが収まるといつの間に阿弖流為が姿を消していることに気がつく一同。

飛連通　あれ、先ほどの男は。
田村麻呂　なるほどな……。
翔連通　え。
田村麻呂　いや、今はこいつらの詮議が先だ。大臣禅師、無碍随鏡。これだけの大物をとっつかまえたんだ。忙しくなるぞ、これから。

阿弖流為が去った方を見る田村麻呂。

田村麻呂　あいつら……。

飛連通　どうされました。
田村麻呂　いや、何でもない。

彼らを闇が包む。

×　×　×　×

翌朝。まだ夜が明けきらぬ頃。
都のはずれ。
旅装束の立烏帽子が待っている。
同じく旅の準備をした阿弖流為が現れる。

立烏帽子　いかがでした。
阿弖流為　随鏡の処置で内裏は大騒ぎだ。一晩では収まりそうにないな。
立烏帽子　では。
阿弖流為　ああ。思いのほかあの男が頑張っている。奴らの仕業はすべて明かされるだろう。
立烏帽子　あの男?
阿弖流為　都の虎、とかいう。
立烏帽子　ああ。……では、蝦夷への汚名も。
阿弖流為　さて、それはどうかな。

立烏帽子　え。

阿弖流為　しょせん、蝦夷は敵国の民だ。恐ろしく従わずまつろわぬ者達という、この都の連中の思いに変わりはない。

立烏帽子　……そうですね。

阿弖流為　……奴らの企みを暴いて気づいたよ。偽立烏帽子党の征伐などはほんの気休めだ。大和の、この都の人間達が、蝦夷をそういう目で見ている限り、俺達は戦うしかない……。

立烏帽子　では……。

阿弖流為　俺でも、この呪われた身でも、仲間の役に立つだろうか。

立烏帽子　立ちますとも。阿弖流為様なら必ず。

阿弖流為　そうあってほしいものだ。

うなずく立烏帽子。
阿弖流為も歩き出そうとする。
と、彼らの前に現れる田村麻呂。

田村麻呂　よう。

阿弖流為　……お前。

田村麻呂　そうか。お前も蝦夷だったか。
阿弖流為　まあ、な。
田村麻呂　見事にこの都の闇見せてもらったよ。盗賊故に闇には強いか。
立烏帽子　……だからどうした。
田村麻呂　待て待て。そう殺気立つな。仮にも、お前達のおかげで、悪党の尻尾は捕まえられたんだ。今、お前達をどうにかしようって腹はないよ。
立烏帽子　どうだか。
阿弖流為　こちらの企みはお見通しか。
田村麻呂　バカじゃないぞ、こう見えても。
阿弖流為　だから、託したんだ。
田村麻呂　へえ。
阿弖流為　なんだ。
田村麻呂　見込まれたもんだと思ってさ。
阿弖流為　それだけこの都には人がいないということだよ。
田村麻呂　言うねえ。……でもなあ、ひとつわからない。なんで、あんな手間をかけたん。
阿弖流為　ん。
田村麻呂　俺がお前なら、随鏡達しめあげて終わりだ。それをわざわざなんで俺に捕まえさせた。そんな手間かける理由がどうにもわからない。

阿弖流為　大和の事は大和が裁け。俺達蝦夷が手を出すことではない。

田村麻呂　ほう。

阿弖流為　それに、蝦夷が貴族を殺したとなれば、都の人々はまた一段と北の民をおそれる。俺が怖いのは、そのおそれる心だ。恐怖はすぐに敵意にかわる。

田村麻呂　なるほど。……惜しいなあ。なんで、あんた蝦夷なんだ。

阿弖流為　だったら、なんでお前は大和だ。

田村麻呂　そりゃそうか。

阿弖流為　そういうことだ。では。

阿弖流為、立烏帽子を連れて歩き出す。
その背中に声をかける田村麻呂。

田村麻呂　おい。

立ち止まる阿弖流為。立烏帽子、先に行く。

田村麻呂　……次に会うときは、戦場《いくさば》かな。

阿弖流為　もしその時は……。

田村麻呂　その時は？
阿弖流為　死力を尽くして戦うのみ。
田村麻呂　……まいったなあ。俺も武士ということか。わくわくしてきたよ。
阿弖流為　……。
田村麻呂　義にあらず、大義にあらず。この身の滾りは、ただもののふの血のなせる業《わざ》。
阿弖流為　そのもののふの血が流れるは、大和の男ばかりにあらず。

田村麻呂を見る阿弖流為。
阿弖流為を見る田村麻呂。

阿弖流為　……阿弖流為だ。我が名は阿弖流為。
田村麻呂　坂上田村麻呂。
阿弖流為　覚えておこう、大和に田村麻呂あり。
田村麻呂　蝦夷に阿弖流為あり。
阿弖流為　いずれ、相まみえようぞ。
田村麻呂　持てる力の限りを尽くして。

互いにうなずきあう二人。

自分たちの運命を決意するかのように、力強く、二人、両花道から立ち去る。

——暗　転——

【第四景】

雪の山。吹雪。

さまよう鈴鹿。まだ蝦夷の恰好。

鈴鹿　ああ、ひどい吹雪。阿弖流為様、阿弖流為様、いずこにおられるのですか。

と、吹雪の中から現れる、白い動物の髑髏に白い毛皮をまとった、人とも獣ともつかぬ〝もの〟。その眼窩《がんか》には赤い光。

その爪で鈴鹿を襲う。傷を受け悲鳴を上げる鈴鹿。

鈴鹿　きゃああ！

駆けつける阿弖流為。

阿弖流為　鈴鹿！　大丈夫か！

手負いの鈴鹿を守って、〝もの〟と戦う阿弖流為。
強い風。手負いの鈴鹿は、雪の中に消えていく。

阿弖流為　鈴鹿‼

立ちふさがる〝もの〟。

阿弖流為　どけい‼

手にした両刃剣で〝もの〟を倒す阿弖流為。
うずくまる獣。阿弖流為、近寄り、毛皮を引き剝がす。中には何もない。赤い目玉の髑髏と白い毛皮が残るのみ。

阿弖流為　これは……。

その髑髏から赤い玉が二つ転がり出る。

獣の目玉だったものだ。
拾い上げる阿弓流為。
と、光の中に母霊《モレ》族の阿毛斗《アケト》、阿毛留《アケル》、阿毛志《アケシ》の三人が浮かび上がる。それぞれ巫女の仮面をつけている。母霊の巫女三姉妹である。阿弓流為と三人だけが光の輪の中にいる。

阿毛斗　おお、それは荒覇吐の神の化身。
阿毛留　殺した殺した。
阿毛志　蝦夷の長《おさ》の息子、阿弓流為が。
阿毛斗　神の化身の白マシラを殺した。

阿毛留と阿毛志が髑髏と毛皮を奪い取る。

阿弓流為　違う、待ってくれ。
阿毛斗　去れ。日高見の国から。さもないと呪われるぞ。
阿毛留　阿弓流為だけではない。蝦夷の一族すべてが呪われる。
阿毛志　荒覇吐《あらはばき》の神は蝦夷を見捨てるぞ！
阿毛斗　その紅玉は神の魂。持つ者は無敵の力を手に入れるが、しかし、この地にも災いを及ぼすだろう。さあ、疾《と》く去れ！　この地より永遠に‼

三人　去れ、阿弖流為‼

阿弖流為　違う。待て。待ってくれ！

が、母霊族の三人は闇に溶ける。

阿弖流為の手の中には赤い玉が残るのみ。

そして辺りは明るくなる。

そこは廃墟。元は蝦夷の里。

呆然としている阿弖流為。

現れる立烏帽子。

立烏帽子　阿弖流為様。どうなされました。

阿弖流為　いや。

立烏帽子　この里は、すべて焼かれております。帝人軍《みかどびと》の仕業でしょう。

阿弖流為　これが、蝦夷の里か。俺が追放された後、こんなことになっていたのか……。

立烏帽子　……あの時のことを思い出されておりましたか。

阿弖流為　ああ。

立烏帽子　あの時、あなたは蝦夷の長の息子であることを捨てて、私と逃げようとした。

阿弖流為　そうだ、この国も民も全て捨てて、お前と。だが、焦るあまり、禁断の神の領域に踏み込み、呪いを受けた。なんと愚かしいことを。

立烏帽子　だからこそ戻った。今ならば、まだ間に合います。帝の軍を打ち払いましょう。さ、行きましょう。あちらに何やら人の気配がする。

阿弖流為　わかった。

二人、広場の方に向かう。

×　×　×　×

蝦夷の民が集まっている。

彼らの前に立つのは蛮甲《バンコウ》。

蛮甲　聞いてくれ、みんな。帝人軍に胆沢《いさわ》の砦を乗っ取られてもう三月。このままやられっぱなしでいいのか！

蛮甲の横で一匹の月の輪熊が、応援している。

蛮甲　立ち上がれ、諸君！　詳しくはこの書面を読んでくれ！

熊、ビラを配る。

そこに現れる阿毛斗、阿毛留、阿毛志。先ほどの巫女の仮面ははずしている。

阿毛斗　いい加減にしないか、蛮甲。

蛮甲　阿毛斗。

阿毛斗　我らは母霊族。蝦夷の中でも、神の言葉を伝える巫女の一族。そのお前が、なぜ剣を取る。皆どもを戦いに煽る。

蛮甲　他の奴らがふがいないからじゃねえか。大和の兵に立ち向かうのに、蝦夷を引っ張っていく男がいないから、この蛮甲様が立ち上がったってことだよ。

拍手する熊。

蛮甲　胆沢の砦は、正面からの守りは完璧だ。だが、俺の調べじゃ、背後はそれほど守りはかためてねえ。険しい山になっているから、兵が攻めるのは難しい。そう奴らは考えてる。俺達蝦夷にとっちゃあ、山も野原も同じように走れることをわかってねえんだ。

「おう」とうなずく蝦夷達。

蛮甲　裏手からなら一気に攻められる。いくぜ、野郎ども。蝦夷の意地を今こそ見せてやろう！

蛮甲の声に応える蝦夷達。
熊も一緒に手をあげる。
と、そこに現れる阿弖流為と立烏帽子。

阿弖流為　待て、蛮甲。

驚く一同。

蛮甲　お、お前は。
阿弖流為　そうだ、阿弖流為だ。鈴鹿とともに、今、蝦夷の里に戻ってきた。

立烏帽子もうなずく。

蛮甲　鈴鹿までとは、よくもぬけぬけと。
阿弖流為　蛮甲、父上はどこだ。
蛮甲　死んだよ。大和の兵に殺された。

阿弖流為　そんな。
蛮甲　蝦夷の長のあとを継いだ大嶽《オオタケ》も捕らわれた。今の蝦夷をまとめる人間はいねえ。
阿弖流為　ならば。
蛮甲　おめえがやるっていうのか。ふざけるな。てめえは荒覇吐の神の怒りを買って、永遠に追放された身だ。てめえがいると俺達が神の怒りを買うんだよ。とっとと出ていけ。
阿毛斗　蛮甲。

と、言いよる蛮甲を諌《いさ》め、阿弖流為に静かに問う阿毛斗。

阿毛斗　なぜ、戻ってきた。呪われた蝦夷の子よ。

居住まいを正し懇願する阿弖流為。

阿弖流為　北の民の守護神荒覇吐を祀る母霊族の誇り高き巫女、阿毛斗よ。蝦夷族の前長《まえおさ》の長男、阿弖流為が願いを聞きたまえ。
阿毛斗　愚かな。呪われた男の言葉を聞くと思うか。
阿弖流為　ならば問う。神の呪いとは何だ。
阿毛斗　なに。

阿弖流為　確かに俺は荒覇吐神の使いを殺した。しかし、それはここにいる鈴鹿を守るためだ。
阿毛斗　それは、そこな女が神の領域を侵したため。入ってはならぬ山に立ち入ったため。
阿弖流為　そうとは知らなかった。たまたま迷い込んだのだ。あのままでは鈴鹿は白き獣に食われていた。人の命を守るためだ。
阿毛斗　山の掟だ。言い訳にはならぬ。
阿弖流為　だったらこれを見ろ。里は焼かれ山は荒らされ、荒覇吐の領域と荒覇吐を信じる者達を失い、なぜ神は怒らぬ。帝人軍を追放せぬ。この阿弖流為、戦を終わらせる力になりたく、禁忌を破り、この地に戻った。
蛮甲　てめえが戦を終わらせる？　調子に乗るな。
阿毛斗　蛮甲。（と諌める）
阿弖流為　母霊族の誇り高き巫女にお願いしたい。我が言葉、荒覇吐の神に伝えたまえ。今は怒りを鎮め共に戦かわん。この阿弖流為に力を貸して、野と山と北の民を守り賜え。帝人、見事うち払いしその時は……。
阿毛斗　うち払いし時は。
阿弖流為　この身が八つに引き裂かれ、荒覇吐の神に魂を捧げようとも悔いはない。
立烏帽子　それは……。
阿弖流為　いいんだ、鈴鹿。呪われた男だ。このくらいの願を立てねば故郷の土は踏めはしない。
阿毛斗　……。

蛮甲　今更、そんな言い草が聞けると思うか。帰れ帰れ。

と、出張る蛮甲。熊も一緒に出張る。
立烏帽子も一歩でる。

立烏帽子　私からも一言よろしいか。
阿毛斗　なんじゃ。
立烏帽子　その熊はなに？　誰も突っ込まないからあえて聞かせてもらうけど。なんで普通に熊がいるの⁉
蛮甲　熊じゃねえ、熊子だ。
立烏帽子　はい？
蛮甲　熊子は俺の嫁だ。
阿弖流為　え。
蛮甲　熊はいいぞ。人間とは違って気持ちが純だ。嘘はつかねえ。おまけに鮭もとってくれる。

と、手を差し出す熊子。

蛮甲　なんだ、どうした。なめろっていうのか。

うなずく熊子。

蛮甲　(熊の手をなめる) 甘え。甘いぞ、熊子。お前、俺のために蜂蜜をつけてくれたのか。なんて気がつく熊なんだ。愛してるぜ、熊子。

熊子の頭をなでる蛮甲。熊子照れる。

阿弖流為　蛮甲、そこまで……。

蛮甲　熊の良さに気づかねえお前こそ、蝦夷の心を忘れた裏切り者だ。阿毛斗、気をつけろ。こいつ、帝人に内通してるかもしれねえ。

阿毛斗　もうよい、蛮甲。

蛮甲　なに。

阿毛斗　今、族長の大嶽のほか、蝦夷の戦士の多くが胆沢の城に捕らわれておる。見事彼らを救い出せるか。

蛮甲　阿毛斗！

阿弖流為　おお、では。

阿毛斗　荒覇吐の神の怒りも恐れずに、己の名前も取り戻し、鈴鹿とともに戻ってきた。大和を払うというその言葉、おぬし自身の働きで証をみせろ。あとの話はそれからじゃ。
阿弖流為　心得た。
阿毛斗　我ら母霊族も剣を取る。一度村に戻り、母霊の者達を引き連れてこよう。
阿弖流為　助かる。胆沢の砦が奪われてどのくらいになる。
阿毛斗　おおよそ三月《みつき》か。
阿弖流為　大嶽殿も弱っていよう。急がねばな。
阿毛斗　蛮甲、お前さっき、裏手は守りが薄いと言っておったな。
蛮甲　俺が身体を張って調べてきたんだ。俺の手柄だぜ。
阿弖流為　今は時間が惜しい。その策に賭けよう。
蛮甲　何を偉そうに。他の連中はともかく、俺は信用してねえぞ。てめえがどれほどのものか、見させてもらう。怪しい時は俺が斬る。
立烏帽子　阿弖流為様を斬るというなら、その時は私がそなたを斬るぞ。
阿弖流為　もうよい、鈴鹿。（蛮甲に）わかった。しかとこの阿弖流為の働き見るがいい。（阿毛斗に）先に行く。
阿毛斗　わかった。
阿弖流為　（一同に）では、参ろうぞ。

阿弖流為を先頭に走っていく蝦夷達。

蛮甲　くそう。阿弖流為の野郎、調子に乗ってんじゃねえぞ。

忌々しそうに言うと走っていく蛮甲。熊子見送る。

×　×　×　×

胆沢城。

牢に捕らわれている蝦夷の民。みな、傷ついている。その奥に猿ぐつわをかまされ縄で縛られている大嶽。

そこに入って来る阿弖流為、立烏帽子、蛮甲。

その他蝦夷の兵。

蛮甲　いたぞ、奴らだ。

阿弖流為　おお。

立烏帽子　なんてひどい。

蛮甲　どうだ、俺の言った通りだろう。

蛮甲、功を焦り、牢の鍵を開けようとする。

が、なかなか開かない。

阿弖流為　どけ。

阿弖流為、剣をふるう。鍵を一刀両断。
扉をあけて蝦夷の民を外に出す。

阿弖流為　大丈夫か、みんな。
蛮甲　安心しな、助けに来たぜ、この蛮甲様がな。

奥にいた大嶽を救い出す阿弖流為。大嶽の猿ぐつわをはずしてやる。

大嶽　お前は阿弖流為……。
阿弖流為　はい。
大嶽　いかん、逃げろ！

と、助け出した蝦夷の民、隠し持っていた短刀で阿弖流為を刺す。

阿弖流為　な、なに⁉

倒れる阿弖流為。

立烏帽子　阿弖流為様！

と、帝人軍の兵が回りを取り囲む。
それを指揮する佐渡馬黒縄《さどまのくろなわ》。

黒縄　よくやった、お前達。

阿弖流為を倒した蝦夷の民達、黒縄の方による。

立烏帽子　そやつらは。
黒縄　蝦夷に化けてた、俺の部下だ。お前らの長を餌にすれば、のこのこ助けに来る間抜けもいると思って、わざと裏手の警備も薄くしておいた。
蛮甲　じゃ、全部貴様のお膳立てだと。
黒縄　ああ、お前ら蝦夷は、あちらこちらにバラバラ潜んで叩きにくかったんでな。こう

立烏帽子　やって、誘い込んだ所を一網打尽にしてやろうって策だ。おぬし。
黒縄　佐渡馬黒縄。お前ら蝦夷を根絶やしにする帝人軍の大将様だ。やってしまえ。

と、帝人軍が蝦夷の兵を斬り殺す。

大嶽　お前達！

残るは、立烏帽子、蛮甲、大嶽。
敵兵に囲まれる三人。
と、進退窮まった蛮甲、剣を放り出して黒縄にすがりつく。

蛮甲　た、助けてくれ。俺が悪かった。
立烏帽子　蛮甲⁉
蛮甲　俺だけは助けてくれ。
立烏帽子　蝦夷を裏切るというのか。
蛮甲　ああ、そうだ。蝦夷を裏切り大和に尽くす。俺はまだ死にたくねえ。
立烏帽子　あれだけ大きな口を叩いていながらいきなりの寝返りか。それでも蝦夷か。

蛮甲　や、やかましい。蝦夷の前に人間だ。ねえ、黒縄様。
黒縄　……だったら殺せ。
蛮甲　え。
黒縄　その偉そうな口叩いてる女と、貴様らの長の大嶽を殺せ。そうすれば、お前の命だけは許してやろう。
蛮甲　……それは。
黒縄　いやなら貴様も死ぬだけだ。
蛮甲　わ、わかった。やる。

と、一度は捨てた剣を拾い、大嶽と立烏帽子に向ける蛮甲。

大嶽　……蛮甲、おのれは。
蛮甲　やかましい。むざむざ捕まるてめえが悪いんだ。

打ちかかる蛮甲。それをかわす立烏帽子と大嶽。

黒縄　なにをぐずぐずしている。
蛮甲　つ、次は必ず。

立烏帽子、倒れている阿弖流為にすがりつく。

立烏帽子　……阿弖流為！

と、その時赤い光が阿弖流為の身体を包む。
そして、ゆっくりと起きあがる阿弖流為。

阿弖流為　……いいかげんにしろ、黒縄。
蛮甲　なに⁉
黒縄　（部下達に）し損じたな、お前ら。
阿弖流為　そんな刃に、俺は倒れん。倒れてたまるか。

阿弖流為、懐から赤い玉を出す。あたりは赤い光に満ちる。

阿弖流為　この紅玉が、荒覇吐の玉が、我が身を守ってくれた。再び俺に立ち上がる力をくれたのだ。
黒縄　なんだと。

蛮甲　そんなのありかよ。

そこに現れる阿毛斗、阿毛志、阿毛留。
手に骨の剣。

阿毛斗　遅くなった、阿弖流為。
阿弖流為　阿毛斗様。
大嶽　阿弖流為。奥に本当の蝦夷の兵が100名ほど捕らわれている。解放すれば我らの味方となろう。
阿弖流為　は。（黒縄に）佐渡馬黒縄、蝦夷が簡単に討ち取られるとは思うな。
黒縄　ええい、かかれかかれ。

帝人兵打ちかかる。
が、怒りと神の加護に守られた阿弖流為の敵ではない。次々に打ち倒す。

黒縄　おのれ。
阿弖流為　来い、黒縄。

黒縄の前に立ちふさがる阿弖流為。

黒縄　なめるな！

打ちかかる黒縄。
黒縄の斬撃をかわし、阿弖流為、その足に一撃。

黒縄　ぐわあ！　ええい、退け退け！

オロオロしている蛮甲もその隙に逃げる。

立烏帽子　追いますか。
阿弖流為　いや、捕らわれた者達が先だ。
大嶽　牢はこちらだ、来い。

大嶽に案内され、奥に走る阿弖流為、立烏帽子、阿毛斗達。

×　　×　　×　　×

砦の外。

蝦夷達の喊声《かんせい》。解放された彼らが胆沢の城を取り戻そうと帝人軍と戦っている声だ。

こけつまろびつ現れる蛮甲。

彼の行く手を阻む阿毛斗、阿毛留、阿毛志。

立烏帽子。そして阿弖流為。

立烏帽子　逃げ場はないよ、蛮甲。

阿毛斗　話は聞いた。あれだけ大口叩いていながら、命惜しさに寝返るとはなんという情けなさ。母霊の男なら男らしく、往生際くらいはきれいになされ。

蛮甲　満足か、阿弖流為。

阿弖流為　なに。

蛮甲　いい気持ちだろう、こんな惨めな俺を見て。おめえだよ、おめえさえ戻って来なきゃあ、こんなドジは踏まなかったんだ。

阿毛斗　敵の罠に乗ったのはお前だろうが、蛮甲。裏手の守備が薄いから攻め込もうと言ったのはおぬしだ。

阿弖流為　いや、それに乗った俺にも責任はある。

蛮甲　またそうやっていい格好する。たまたま勝ったからいいようなものの、俺もお前も一歩間違えれば今頃あの世行きだった。俺はわかったよ。蝦夷は絶対帝人には勝てない。

立烏帽子　なに。

蛮甲　ああ、そうだ。奴らは勝つためならどんな汚えことでもする。綺麗事で進めてるてめえに勝てるはずがねえ。
阿弖流為　蛮甲、貴様。
蛮甲　俺は生き抜くぞ。こんな所じゃおわらねえ。

蛮甲、指笛を吹く。と、熊子が現れる。阿弖流為達に向かって牙を剝き吠える熊子。

阿毛斗　蛮甲、おのれは。
立烏帽子　熊風情が。おどき！

とめる阿弖流為。

阿弖流為　もういい、鈴鹿。
立烏帽子　でも。
阿弖流為　いいんだ。（蛮甲に）好きな所に行け。
阿毛斗　許すというのか、この男を。
阿弖流為　ああ。
蛮甲　へへ。余裕じゃねえか。そんなことして、俺が悪うございましたと頭下げるとでも思ったか。
阿弖流為　頭を下げられたいとも思ってない。ただ……。
立烏帽子　ただ？
阿弖流為　ここでお前を殺せば、蝦夷も帝人軍と変わらない。
立烏帽子　それが戦だろう。
阿弖流為　違う。奴らの戦は攻め込む戦だ。が、我らは違う。いけ。
蛮甲　へへ、どこまでそうやって恰好つけてられるか、てめえの無様な姿を見届けてやるよ。
最後に勝つのは、俺のように生き意地の汚え男だ。

逃げ去る蛮甲。あとを追う熊子。
入れ替わりに入ってくる大嶽と蝦夷の民達。

大嶽　阿弖流為。
阿弖流為　大嶽様。そちらはいかがですか。
大嶽　帝人の奴ら、黒縄が逃げたと知ったら大崩れだ。わしらの勢いに圧され、この城を捨てて逃げ出しおったわ。
阿弖流為　みごと、胆沢の城を取り戻しましたな。みんな、これよりここが俺達の居城だ。

一同うなずく。

大嶽　……阿弖流為。今日からはお前が長だ。
阿弖流為　俺が……。
大嶽　そうだ。阿弖流為のおかげで儂らは助かった。これからも、帝人の軍をけちらしてくれ。
阿毛斗　我ら母霊族もお前の言葉になら従おう。
阿弖流為　……お前たち。

うなずく一同。
それを微笑んでみている立烏帽子。

阿弖流為　わかった。皆の言葉しかと受け止めた。だが、なれば、俺は俺の決着をつけなければならない。
立烏帽子　決着?
阿弖流為　ああ、そうだ。荒吐《あらばき》の山。神の怒りに触れたあの山で、もう一度荒覇吐の神と会う。
立烏帽子　荒覇吐の神の怒りは解けております。
阿弖流為　ならば、それを自分の目で確かめるまで。いや、確かめてこその蝦夷の長だ。

決意する阿弖流為。

――暗　転――

【第五景】

宮中。中央に帝の玉座。
が、そこは御簾《みす》がかかり向こうは見えない。
その横に立つ御霊御前。随鏡が現れる。

随鏡　おお、御霊御前。まいりましたぞ、あなたの弟君には。偽立烏帽子党の騒ぎもすべては、あなたからのご指示だったというのに。
御霊　……。
随鏡　いくら都の民に人気があろうとも、田村麻呂殿はいささか調子に乗られておるのではないですか。政《まつりごと》の機微、姉上であるあなたからもっとしっかりと教えていただかなければ……。
御霊　……。
随鏡　していかが致す、このあとは。あなたのことだ。また新しいお考えをお持ちかと。儂も及ばずながら力になりますぞ。

御霊　道を誤られましたなあ、随鏡殿。

随鏡　……え。

御霊　仮にも大臣禅師ともあろうお方が、蝦夷の名を借りて盗賊とは。この御霊、あきれ果てて言葉もございません。

随鏡　いや、しかし……。それはそなたが儂に知恵を……。

御霊　さてさて、その軽いお口が「道を誤った」と言う原因。まだ気づかれぬとはつくづく悲しいお方。

と、御簾の向こうの気配を読む御霊。

御霊　帝もたいへんお腹立ちです。

随鏡　え。（青ざめる）

御霊が手をかざす。と、随鏡、突然苦しみ出す。

随鏡　お、お許し下さい。儂は、……儂は。

御霊、開いた手を何かを潰すように握ると、それに呼応するように胸を押さえて悶絶し、やがて絶命する随鏡。
随鏡、闇に呑まれ消え去る。
と、藤原稀継が田村麻呂を連れて現れる。

御霊　おお、よう来られた、稀継様。
稀継　帝が急ぎお召しとは。
御霊　佐渡馬黒縄殿が、胆沢の城を奪われました。

驚く稀継、田村麻呂。
と、御簾の向こうに座した人影が浮かび上がる。平伏する御霊と稀継、田村麻呂。人の声のような音楽のような奇怪な音が響く。これが〝帝〟の玉声か。

御霊　おお、お怒りになられている。帝が、お怒りに。
稀継　なんと。
御霊　お鎮まり下さい。帝の治世は何人《なんぴと》に侵されることもありません。私たちが、帝をお慕いする女達が、帝の玉体《ぎょくたい》を、この玉都《ぎょくと》を護っておりまする。

御霊の声に、帝の周りの御簾があがる。

そこには水晶体の三角錐に閉じこめられ立ったまま手を組み祈るような姿で眠る女達の姿がある。

御霊　乙女の聖なる力が御柱となりて、この都に久しき平穏を、永久《とわ》に平らかに安らかなる帝の世を与えましょうぞ。あなたの夢をかなえるためならば、この御霊御前、深謀遠慮《しんぼうえんりょ》の限りを尽くす。悪鬼外道と誹《そし》られようと、帝の治世を御護り致す。ですので、そのお怒りお鎮め下さい。

御簾の向こうの人影は光となり鎮まる。

稀継　見事なお覚悟です、御霊御前。
御霊　帝は、北の制圧に時間がかかりすぎているとお怒りなのです。
田村麻呂　しかし、なぜ胆沢の城が奪われるような。
御霊　これまでは部族ごとにばらばらだった蝦夷達が、打って変わった統制のとれよう。蝦夷達を率いる新しい将が現れたとのことです。
稀継　新しい将と。
田村麻呂　……その将の名は阿弖流為、ではないですか。
御霊　ほう。どこで聞きました。

田村麻呂　……そういうことか。

御霊　田村麻呂、帝のお言葉です。もうお前のわがままは聞けませぬぞ。

田村麻呂　……わかりました。坂上田村麻呂、征夷大将軍のお役目お受け致します。

稀継　おお、これは心強い。

田村麻呂　天命とはいわんぞ、阿弖流為。これも人の定めだ。

と、天を仰ぐ田村麻呂。

――暗　転――

【第六景】

荒吐の山。吹雪。

その中に両刃剣を持って立っている阿弖流為。

阿弖流為　北の民を護る荒覇吐の神よ、聞こえるか。あなたの怒りを買い、この国を追われた阿弖流為が再び会いに来たぞ。

吹雪が強まる。と、その吹雪の中から巨大な龍が姿を見せる。

阿弖流為　おお、それがあなたか。荒覇吐は龍神であったか。

吠える龍神。

阿弖流為　いや、今は仮初めに龍の姿を借りて、我が前に降臨されたか。ならばそれでいい。

阿弖流為に襲いかかる龍神。
と、荒覇吐に語りかける阿弖流為。

阿弖流為　聞いてくれ、荒覇吐の神よ。確かに私は、あなたの使いを殺した。一人の女を護るため、神の領域を侵し、神の使いを手にかけた。そして今、蝦夷を率い、この国を侵さんとする帝人の軍と戦おうとしている。我が身の怒りを解けとは言わぬ。ただ、蝦夷の民を護って欲しい。大和との戦に勝ちをおさめれば、この身がどうなろうと構いはせぬ。ただ、それまでその大いなる力で我と蝦夷を護りたまえ。

吠える龍神。阿弖流為に襲いかかる。

阿弖流為　おお、我が力を試すというか。この身に蝦夷を護る力ありやと問うか。ならばこの力、とくと見ていただこう。

と、龍神と剣を交える阿弖流為。その動きは途中で戦いとも舞ともつかぬものになる。

阿弖流為　見よ、荒覇吐。阿弖流為渾身の一振りを。

と、剣をふるう。その太刀風、龍神をも怯ませる。
祝福するように阿弖流為に寄り添う龍神。

阿弖流為　おお、呪いを祝いに変じてくれるか。荒覇吐の神もまたこの若き長を祝してくれるか。

阿弖流為、龍神を従え朗々と語る。

阿弖流為　聞けい！　蝦夷は逃げず侵さず脅かさず。ただ、此処に在るために戦う。それが我ら北の民の誇りなり。この阿弖流為、その誇りのために命を賭けて戦い抜こう‼

その声は、遙か都まで響き渡るようである。

——第一幕　幕——

―第二幕― 邪しき神　姦しき鬼

【第七景】

日高見の国へと向かう帝人軍の一隊。
食料運搬か荷車を押している。
山中。指示している飛連通と翔連通。

翔連通　よし、一旦此処で休憩だ。
兵達、歩みを止める。

飛連通　が、気を抜くな。この山を越えれば日高見の国。蝦夷達の領土だぞ。心して休め。
三々五々散る兵達。残るのは阿久津高麻呂と大伴糠持の二人。

高麻呂　やれやれ、やっと休憩だよ。

糠持　噂には聞いていたが遠いなあ。
高麻呂　あーあ、こんなことなら、あのまま盗賊の罪で牢につながれてるほうがどれだけ楽だったか。
糠持　でもまあ、こっちは食料運搬隊だ。直接戦に関わりはない。蝦夷に襲われないだけましってもんだ。
高麻呂　それもそうか。

と、現れる蝦夷の軍。

高麻呂・糠持　でたあ！　蝦夷だ‼

蝦夷を率いるのは阿弖流為。大嶽、阿毛斗、阿毛志、阿毛留もいる。
族長の風格が漂う衣装になっている。手に両刃剣。

阿弖流為　その食料、帝人軍に渡すわけにはいかない。
飛連通　貴様、どこかで。……随鏡の屋敷か。
翔連通　貴様も蝦夷だったのか。
阿弖流為　そうだ、蝦夷の長、阿弖流為だ。

飛連通　おのれ！

阿弖流為に打ちかかる飛連通と翔連通。
彼らの直刀をはじき返す阿弖流為の剛剣。

阿弖流為　お前たちがいるということは、あの男も来ているな。
飛連通　余計な詮索は無用。
翔連通　貴様ごとき、我らの手で。

と、身構える二人。
そこに現れる田村麻呂。こちらも戦装束になっている。

田村麻呂　やめとけ、飛連、翔連。
二人　田村麻呂様！
阿弖流為　……現れたな、征夷大将軍。
田村麻呂　何の因果かそういうことになっちまった。そっちこそ、立派なもんじゃないか、蝦夷の族長。
阿弖流為　お前たち大和が襲ってくるから、戦っているだけだ。蝦夷は自らは争わない。

田村麻呂　そんなきれい事で戦がやれるかい。
阿弖流為　やってみるさ。
田村麻呂　（二本刀に）さがってろ。
飛連通　しかし。
田村麻呂　俺がやる。（偽刀をかまえる）着任そうそうこういう事になるか。
阿弖流為　それを覚悟で来たのではないのか。
田村麻呂　まあね。やるんだったら、早いほうがいい。
阿弖流為　おぬしらしい。
田村麻呂　俺が坂上家の男で、お前が蝦夷の族長ならば、こうなるしかないだろう。
阿弖流為　……まだ、刀は抜かないのか。
田村麻呂　その気にならなくてな。
阿弖流為　（笑い）そんな甘い事で戦がやれるか。
田村麻呂　やってみるさ。
阿弖流為　容赦はしないぞ。
田村麻呂　上等だ。

二人、にらみ合い間合いをはかる。
その緊張感に手出しできない周り。

先に動いたのは阿弖流為。その重い剣を疾風のように操り田村麻呂を攻める。偽刀で受ける田村麻呂。が、この偽刀も田村麻呂の膂力《りょりょく》にかかれば恐るべき凶器になる。鉄鞘と鉄芯の入った偽刀だ。一撃くらえば骨が折れる。斬撃を受ける力を利用して、田村麻呂の偽刀が阿弖流為を襲う。それを剣の腹で受ける阿弖流為。腕は五分。

激しい攻防の末、二人の動きがひたと止まる。

と、田村麻呂が膝をつく。一度だけ阿弖流為の斬撃を胸に受けている。鎧がガードしたが、それでも衝撃は田村麻呂にダメージを与えたのだ。

田村麻呂　……く。
阿弖流為　背負っているものが違うのだ……。
　阿弖流為、剣をふりかざす。が、その足に痛みが走る。彼もまた田村麻呂の一撃を受けていた。
阿弖流為　む。
田村麻呂　ただ、やられるつもりもねえよ。
阿弖流為　どうやら、侮ってはならぬようだな。

そこに駆けつける帝人の兵。何やら飛連通に耳打ちする。

飛連通　わかった。田村麻呂様、ここはひとまず。
田村麻呂　しかし。
飛連通　我らの役目は。
田村麻呂　むう。
飛連通　戦《いくさ》は一度の戦いではございませぬ。
田村麻呂　……やむなしか。退くぞ。

退却する田村麻呂達。

阿毛留　あ、待て。

追おうとする蝦夷達。

阿弖流為　やめておけ。
阿毛斗　いいのですか。
阿弖流為　深追いは怪我のもとだ。

大嶽　あれが今度の将軍か。口ほどにもない。
阿弖流為　それはどうかな。
阿毛志　え。
阿弖流為　……あの時踏み込めば、俺の剣が奴の首を落とすのと、奴の刀が俺の喉笛を砕くのと
どちらが速かったか……。
阿毛斗　……紙一重か。
大嶽　でも、まあ、食料は奪えた。帝人の奴らが腹を減らすさまが目に浮かぶわ。
阿弖流為　が、うかつに手は出すな。
大嶽　ん。
阿弖流為　あまりに去り際があっけなかった。
阿毛志　陽動ですか。
阿弖流為　ああ。
阿毛留　まさか、毒でも仕込んでいると。
阿弖流為　都には食えぬ輩も大勢いる。

と、駆け込んでくる立烏帽子。

立烏帽子　阿弖流為様。大変です。

阿弖流為　どうした。
立烏帽子　川に、川に毒が。

一同驚く。

阿弖流為　毒⁉
立烏帽子　はい。水を飲んだ女子供まで倒れております。
阿弖流為　おのれ、帝人。そこまでするか！

駆け去る一同

×　×　×　×

多賀城。
蝦夷攻略のための帝人軍の拠点である。
稀継と黒縄が待っている。
戻ってくる田村麻呂。

稀継　ご苦労であったな、征夷大将軍。
田村麻呂　いえ。

黒縄　貴様が田村麻呂か。

黒縄、田村麻呂の脇腹を叩く。顔をしかめる田村麻呂。

黒縄　……どうした。
田村麻呂　いえ。
黒縄　奴か。
田村麻呂　え？
黒縄　阿弖流為とか言ったか。蝦夷の長の。
田村麻呂　……ええ、まあ。
黒縄　さっそく奴に一撃食らったか。都で評判の坂上田村麻呂も大したことはねえなあ。
稀継　蛮族とはいえ侮らないほうがいい。蝦夷の剣《つるぎ》は思いのほか強い。大陸渡りの鉄の剣と聞いておるぞ。
田村麻呂　承知しております。
黒縄　ふん、たかだか北の蛮族が、意外としぶとい。だが、このままでは終わらんぞ。
稀継　黒縄殿の指揮により、無事本隊はこの多賀の城に入ることができた。お見事ですぞ。
黒縄　当然ですな。ま、征夷大将軍自ら囮役を買って出てくれたから、そのことも忘れちゃあいけない。もっとも、万の兵を指揮するようなことはまだまだだろうがな。

田村麻呂　……では、私は。（去ろうとする）
黒縄　なんだい、その態度は。
田村麻呂　え。
黒縄　気に入らないかい、俺が。
田村麻呂　そんなことは。
黒縄　田村麻呂、いや将軍様か。お前が少しばかり俺より若くて腕が立つからといって調子に乗るんじゃねえぞ。戦に関しちゃあ、俺の方が上なんだからな。今のお前は、蝦夷んとこに毒入りの食いもん置いてくるくらいが関の山なんだよ。
田村麻呂　……え。
黒縄　ん？
田村麻呂　……では、あの食料には毒が。
黒縄　当たり前だろう。なんでわざわざ敵に食いもんやると思ってんだ。
田村麻呂　ではわざと。……それが武人のすることですか。
黒縄　あ、そういや、川にも流したかな。
田村麻呂　川に毒を。そんなことをしたら、無関係な者も！
黒縄　関係あるんだよ。みんな蝦夷だ。
田村麻呂　女子供は！
黒縄　女は子を産み、子はすぐに大人になる。大人になった蝦夷はみんな兵士になるんだよ。

田村麻呂　それでは、皆殺しにしろというのか。
黒縄　ああ。そうだ。一度完全に叩きつぶさない限り、奴らは音をあげねえ。
田村麻呂　それは戦ではない。ただの殺し合いだ。
黒縄　おいおい、国がやる殺し合いを〝戦〟っていうんだろうが。
田村麻呂　今まで蝦夷攻略がうまくいかなかった理由がわかりましたよ。あなたのような方が指揮している限り、彼らが従うはずはない。
黒縄　馬鹿。獣は力ずくで言うことを聞かせるしかねえんだよ。
田村麻呂　獣だと。彼らが獣ならば我らも獣だ。いや、それ以下か。
黒縄　なにい。
田村麻呂　都では蝦夷の名を騙り悪行三昧。ここでは、人を人とも思わぬ戦ぶり。それが帝の名を借りた軍のすることか。
黒縄　俺のやり方に文句でもあると。

にらみあう黒縄と田村麻呂。

稀継　その辺でよろしかろう。内輪もめは獣以下ですぞ。
田村麻呂　小父上。
稀継　将軍殿。

稀継の言葉に、怒気を呑み込む田村麻呂。

田村麻呂　……一つ言っておく。征夷大将軍は私だ。これからは、勝手な行動は許さない。宜しいな。

黒縄　……。（無視する）

田村麻呂　（黒縄をにらみつけ）宜しいな。

黒縄、田村麻呂の気迫に圧される。だが、そんな自分を鼓舞するように胸を張ると、去って行く。

彼が去ると怒りを稀継にぶちまける田村麻呂。

田村麻呂　なんなんですか、あやつは！

稀継　まあまあ。ああ見えてこれまで幾つもの武功をたてておる。

田村麻呂　川に毒を流してですか！　それが武人のやることか！　おかげで帝人軍がどれだけの汚名を着せられるか！

稀継　ならば、その汚名を雪《すす》ぐのがおぬしの仕事ということになるな。

田村麻呂　え。

稀継　濁った川も清流が注げば、いずれは清くなる。私がおぬしをここに連れてきたのは、何のためだと思っている。

田村麻呂　……それは。

稀継　いくら蝦夷とは言え、川に毒を流して、女子供まで容赦なく殺す。その事に怒るお前の心根の真っ当さ。私はとても愛しく思う。しかし、ならば我が兵はどうじゃ。あの黒縄の元で戦こうておる大和の兵達の心はどうじゃ。お前が心にかけるは、まず我が軍の兵ではないか。

田村麻呂　……確かに。

稀継　まずは兵に好かれろ。都の民達がお前を愛するように、帝人の兵に愛されろ。お前のその真っ当な心根で、戦に疲れた兵達の泥にまみれた心を雪げ。

田村麻呂　わかりました。さすがは小父上。おっしゃる通りでございます。

稀継　うむ。お前ならわかってくれると思うたよ。おぬしは下々の兵に気を配れ。黒縄は私が何とかしよう。

田村麻呂　お願い致します。

と、飛連通、翔連通を先頭に帝人の兵達が現れる。

飛連通　若。

田村麻呂　どうした、お前達。
飛連通　いえ。若、いえ将軍様が、佐渡馬黒縄殿と諍いを起こしていると聞き、ここにいる兵達が心配して。
兵達　将軍様！
田村麻呂　そうか。みんなありがとう。だが、大事ない。
翔連通　よかった。
田村麻呂　飛連通、翔連通。お前達はこういう時みなをおさめるのが役目ではないのか。
飛連通　も、申し訳ない。ですが将軍様になにかあれば、その時は許さないと、みなが言うもので。
兵達　将軍様。
田村麻呂　その呼び方は堅苦しいなあ。名前でいい。田村麻呂でいい。お前達も疲れているだろう。よし、今日は休め。酒を出せ。俺も呑む。無礼講だ。

おおーと歓声を上げる兵達。その中心で兵達に声をかける田村麻呂。
それを目を細めて見ている稀継。

稀継　……坂上田村麻呂、まさによい男よのう。

と、一人呟く。

――暗　転――

【第八景】

音楽。蝦夷対帝人軍の戦闘がシルエットで象徴的に描かれる。
蝦夷軍を指揮する阿弖流為登場。

阿弖流為　よいか。帝人軍は数を頼みに押してくる。押されれば逃げろ。逃げてかき乱し揺さぶれ。地の利は我らにある。地に伏し山に隠れ不意をつけばその効果、一人の兵で一〇〇人分の力となる。

帝人軍を指揮する田村麻呂。

田村麻呂　焦るな。数ではこちらが上だ。逃げれば追うな。陣営を組み直せ。一人の兵が一人を倒せば勝機は我らにある。

再び阿弖流為。

阿弓流為　慎重になった兵は孤立させろ。日高見の山は深い。一万の兵もはぐれれば一人だ。今だ、村に火をかけろ。帝人の兵を分断するのだ。

帝人軍。

田村麻呂の前に現れる飛連通と翔連通。

飛連通　田村麻呂様。佐渡馬様率いる兵が奇襲に。わずか千足らずの兵に六千の我が軍が敗退です。

田村麻呂　またか。蝦夷の長め、いつも辛いところをついてくる。

翔連通　なんとかならんのでしょうか、あの親父は。

田村麻呂　言うな。それを御せないのも俺の器だ。しかしさすがは阿弓流為。人の動きをよく読む。

飛連通　一枚岩の蝦夷と違い、こちらは連合軍。兵の動きに差が出ますな。

田村麻呂　が、それも今のうちだ。物量の差はやがて出る。残念ながらな。

翔連通　残念ながら、ですか。

田村麻呂　ああ、そうだ。……飛連通。

飛連通　は。

田村麻呂　一つの軍を三つに分けろ。
飛連通　え。しかしそれでは。
田村麻呂　三つの軍を交代制にし、順に出して行け。こちらは交代しながら蝦夷の兵を休ませるな。
飛連通　……は。

駆け去る飛連通と翔連通。

田村麻呂　（つぶやく）……阿弖流為よ。お前が抵抗すればするほど、大和は数を投入するぞ。今はいい。が、いずれ数の違いは致命傷になる……。しかしなあ、そんな勝ち方ではなあ……。

腰につけた竹筒から水を飲むと、ごろりと大の字になる田村麻呂。
そのまま夜になる。
満天の星空。木々がざわめき虫が鳴く。
森に包まれる田村麻呂。

田村麻呂　見事な星空だ。これが蝦夷の空か。阿弖流為よ、お前が守るのはこの空と、この森と、そこに生きる人の心か。気持ちはわかる。わかるがなあ。それはあがきだ。いずれ流れに呑み込まれるぞ。

と、そこに現れる覆面の一群。指揮しているのは覆面をしている蛮甲。

蛮甲　征夷大将軍坂上田村麻呂、そのお命いただこう。
田村麻呂　ふ、どこにも野暮はいるか。ちょうどいい。憂さ晴らしの相手をしてもらおうか。
蛮甲　かかれ。

抜刀する賊。その剣、直刀。

田村麻呂　お前達、帝人軍か。
蛮甲　そんなことはねえ。
田村麻呂　その剣、直刀だな。蝦夷の剣は両刃剣だ。化けるのなら、ちゃんと化けろ。
蛮甲　ええい、かかれかかれ！

と、襲いかかる賊を偽刀でうちのめす田村麻呂。蛮甲の覆面をはぎとる。

蛮甲　うわわ。

蛮甲の衣裳風体に蝦夷と知る田村麻呂。

田村麻呂　お前、蝦夷か。帝人と蝦夷？　どうなっている。

戸惑う田村麻呂。

その隙に逃げ出す蛮甲。

田村麻呂　逃がすか。

田村麻呂、賊をうちのめすと蛮甲の後を追う。

×　　×　　×　　×

少し離れた山小屋。崖のそばに建っている。

その前で、暗殺隊の帰りを待っている黒縄。

駆け込んで来る蛮甲。

蛮甲　佐渡馬様。

黒縄　おお、首尾は。
蛮甲　申し訳ありません。思いのほか手強く。
黒縄　し損じたか。
蛮甲　はい。が、次は必ず。
黒縄　ふむ。蝦夷を裏切り、行き場のないお前を拾ってやった恩を忘れるなよ。
蛮甲　もちろんです。
黒縄　なあ、蛮甲。なぜ俺がお前を使ったと思う。
蛮甲　それは佐渡馬様が、この蛮甲を信用しておられるから。
黒縄　と、思うお前が甘いのだ。

と、刀をふるう黒縄だが、それを受ける蛮甲の剣。

蛮甲　やっぱりそう来たか。
黒縄　ぬう。
蛮甲　だけど、そう簡単にこの蛮甲様はくたばらねえぞ。

と、黒縄の剣を受けるが、蛮甲劣勢。

黒縄　ふん。手こずらせるな。だが、その程度の腕なら時間の問題だ。
蛮甲　その時間が稼げりゃいいんだよ。
黒縄　なに。

と、そこに現れる田村麻呂。

蛮甲　田村麻呂様。こやつです。この黒縄が、私にあなたを殺せと命じたのです。
田村麻呂　なんだと。
黒縄　蛮甲、貴様。
蛮甲　なにもかも洗いざらいお話しします。ですから、命ばかりはお助けを。
田村麻呂　そういうことか、黒縄殿。
黒縄　待て、田村麻呂。こやつは蝦夷だ。敵の言うことを信じるつもりか。
田村麻呂　ああ。
黒縄　なに。
田村麻呂　たとえ蝦夷だろうと、己の命のかかった男とあなたとならば、信じられるはその蝦夷だ。
黒縄　おのれ。

黒縄、田村麻呂に打ちかかる。が、田村麻呂、彼の剣を偽刀でうち落とす。

黒縄　く。

田村麻呂　観念なされい。佐渡馬黒縄。

それでも逃げようとする黒縄。

田村麻呂　往生際の悪い！

と、偽刀で黒縄の腹をつく。気絶する黒縄。

その様子を見ていた蛮甲、いきなり田村麻呂に土下座する。

蛮甲　お願いします。私をあなた様にお仕えさせて下さい。必ずや、お役に立ってみせます。

田村麻呂　なに？

蛮甲　征夷大将軍坂上田村麻呂、あなたこそまさに武人の鑑。蝦夷の長などと名乗っている阿弖流為とは器が違う。

田村麻呂　世辞はいい。

蛮甲　世辞ではありません。私の名は蛮甲。こう見えて、かつては阿弖流為と親友の契りをかわした仲。大和に逆らい、帝人に弓引く奴の愚かな行為に愛想を尽かし、今でこそ袂を分かっていますが、きゃつめの考えることなど、手に取るように分かります。阿弓流為の足下を掬うことなど、この蛮甲にかかればたやすいこと。

田村麻呂　足下を掬う？　お前が？

蛮甲　ええ。奴めは一度は蝦夷を追放された身。

田村麻呂　追放か。

蛮甲　ええ、神殺しの罪で。

田村麻呂　神殺し？

と、そこに稀継が現れる。

稀継　ほほう。神殺しですか。面白いのう。

田村麻呂　小父上。なぜここに。

稀継　黒縄殿がなにやらよからぬ動きをしていたようなので、行方を捜しておった。征夷大将軍がご無事で何よりだ。

田村麻呂　はあ。

稀継　（蛮甲に）今の話、詳しく聞かせてもらえぬか。

蛮甲　は。

田村麻呂　このお方は右大臣藤原稀継様。俺も信頼しているお方だ。

蛮甲　は、ははあ。（とまたへりくだる）

稀継　そう、かしこまるな。悪いようにはせぬ。

蛮甲　奴めは女に惚れて、蝦夷を捨てて逃げようとした。その時に神の山に入り、神の使いである獣を殺したのです。それ以来、名前と昔を封じられ、蝦夷の里を追放された。

田村麻呂　それで奴めは都で北の狼などと。では、その女とは、立烏帽子のことか。

蛮甲　はい。荒覇吐の神の怒りを買った二人が、勝手に禁忌を破り、舞い戻ってきた。誠に身勝手な男なのです。今でこそ族長に収まっておりますが、しょせんその器ではない。

稀継　なるほど、誠に面白い。阿弖流為を攻める糸口が見つかったぞ。

田村麻呂　え。

稀継　うんうん。これはよいことを聞かせてもらった。おぬし、名は。

蛮甲　蛮甲。蛮甲と申します。

稀継　礼を言うぞ、蛮甲。

と、稀継、刀を抜く。

蛮甲　え。

田村麻呂、背後から稀継の肩に手をかけ止める。

田村麻呂　待て、小父上。その男を殺してはならない。

が、稀継の刀は止める田村麻呂の腹に突き刺さっている。

田村麻呂　ぐ！

稀継　ああ、この男には手は出さぬ。死ぬのはお前だ、田村麻呂。

と、呆気にとられている田村麻呂を何度も斬る稀継。

田村麻呂　な、なぜ。なぜ、あなたが、俺を……。

稀継　なぜもなにも、黒縄にお前を殺せというたのは私だからな。

田村麻呂　小父上が……。

倒れている黒縄に声をかける稀継。

稀継　黒縄殿、しっかりなされい、黒縄殿。

気がつく黒縄。

黒縄　稀継様。
稀継　田村麻呂は私が始末する。おぬしはそこの蝦夷の男を。
黒縄　は。
蛮甲　やっぱり殺すのかよ。

と、黒縄が蛮甲を襲おうとする。
傷つきながらも田村麻呂、偽刀で黒縄の刀を弾き、蛮甲をかばう。

田村麻呂　やめろ。
黒縄　ぬう。
田村麻呂　（蛮甲に）逃げろ、はやく。
蛮甲　ひ、ひいいい。

逃げ出す蛮甲。追おうとする黒縄を阻む田村麻呂。だが、稀継の斬撃を喰らう田村麻呂。

稀継　行け。

黒縄、蛮甲のあとを追う。

稀継　そのような身になっても、蝦夷の男を助けるか。まったくお前はまっすぐな男だ。

よろける田村麻呂。彼に語りかける稀継。

稀継　おぬしは私の望み通り、帝人軍の兵達の芯になってくれた。みんながおぬしを好いておる。そのおぬしが蝦夷の手にかかったら、さぞや兵達は悔しがるであろうなあ。弔い合戦に一丸となるであろうなあ。

田村麻呂　……ま、まさか。

稀継　都もそうじゃ。都の民達もおぬしのことを大層好いておる。征夷大将軍坂上田村麻呂が死んだとなれば、戦がいやだという気分になっていた者達も、再び蝦夷憎しと立ち上がろうなあ。

田村麻呂　そんな、それじゃ、そのために小父上は俺を征夷大将軍に……。

稀継　おお、こんな目におうてもまだ私のことを小父上と呼んでくれるか。本当におぬしはよい男だ。ああ、実に都合のよい。

田村麻呂　最初から俺は捨て石だったということか。

稀継　捨て石ではない。お前こそ都の柱だ。但し、人柱としてだがな。

田村麻呂　たばかったな、藤原稀継！
稀継　これも戦の勝利のためじゃ。往生せい！

稀継、とどめの斬撃。が、それを偽刀でうける田村麻呂。稀継の刀を弾く。その反動でよろけ、崖から落ちる田村麻呂。
稀継、下をのぞく。

稀継　……この高さなら、生きてはおるまい。さて、あとは戦の総仕上げじゃ。

と、立ち去る稀継。

×　×　×　×

草原。
逃げる蛮甲。

蛮甲　くそう。蝦夷も大和も、どいつもこいつも馬鹿にしやがって。

黒縄、その後を追う。草むらに隠れる蛮甲。

黒縄　おのれ、どこに行きおった。

と、何かの気配に気づく黒縄。

黒縄　そこか、蛮甲！

と、声をかけたところから現れる熊子。

黒縄　く、熊だと。

熊子、立ち上がり黒縄を威嚇する。

黒縄　ぬぬぬ。まあいい。あんな蝦夷の一人や二人。

と、立ち去る黒縄。

草むらから姿を見せる蛮甲。

蛮甲　熊子、熊子かあ。

熊子、蛮甲にすりよる。

蛮甲　偉いぞ、熊子。よく来てくれた。

と、熊子の頭をなでる蛮甲。

熊子、右手を出す。なめる蛮甲。

蛮甲　あめえ、あめえよ、熊子。

ひしと抱き合う蛮甲と熊子。

蛮甲　……熊子、俺はあきらめねえ。この蛮甲、必ず一旗あげてやらあ。

蛮甲の目には異様な決意。

蛮甲　ああ、まだだ。大和が駄目なら蝦夷しかねえ。やってやる、やってやるぞ。

蛮甲の、呪いにも近い言葉が闇に消える。

――暗　転――

【第九景】

勢揃いしている帝人軍。指揮しているのは稀継。横に飛連通、翔連通もいる。

稀継　皆の者、よく聞けえい。征夷大将軍坂上田村麻呂は、蝦夷の刺客の手にかかり、あい果てた。その無念を晴らすのはおぬし達しかいない！　頼んだぞ、お前達！

一同、「おう」という歓声。

飛連通　田村麻呂様の仇、必ずや討ち果たすぞ‼

翔連通　ものども、かかれー‼

「うおおお」と、鬨《とき》の声をあげる帝人軍。

×　×　×　×

蝦夷の里から少し離れた山。ある山肌。

達谷《たっこく》の窟《いわや》と呼ばれている洞窟を利用した建物がある。里を焼かれた蝦夷達、怪我をした蝦夷達が隠れ住んでいる。

疲れ飢えボロボロになっている蝦夷の民たち。大嶽らがいる。

そこに現れる阿弖流為。続いて阿毛斗、阿毛志、阿毛留が現れる。蝦夷達、それに気づき起き上がろうとする。

阿弖流為　ああ、そのままでいい。

阿毛斗　みんなご飯だよ。

煮物をくばる阿毛斗達。米や粥ではなく、木の実や山菜を煮た物。よろよろ立ち上がる蝦夷達。

阿毛志　ごめんね。森にも、もうろくな木の実も残ってなくて。

阿弖流為　すまない、みんな。

大嶽　心配するな、阿弖流為。みんな覚悟の上だ。

うなずく蝦夷達。

阿弖流為、深く頭を下げると表に出る。

山のほうに一人ゆく阿弖流為。
と、物陰からその様子を伺っている蛮甲。誰にも気づかれぬように、阿弖流為のあとを追っていく。

蛮甲　……大和がだめなら蝦夷しかねえ。

その目に異様な殺氣。

×　×　×　×

夕日が山間に沈んでいく。顔を夕日に赤く染めて高台から麓を見る阿弖流為。
と、後ろから現れる立烏帽子。

立烏帽子　どうしました。お一人でこんなところに。
阿弖流為　……よもや田村麻呂をなくした帝人軍があれほど手強いとはな。
立烏帽子　ええ、予想外でした。
阿弖流為　田村麻呂を闇討ちしたのは、ほんとうにお前の指図ではないのだな。
立烏帽子　はい。何度もそう答えたはず。まだお疑いになるか。
阿弖流為　ああ、すまん。だが、あれほどの男がなぜそう簡単にやられたのか……。
立烏帽子　阿弖流為様は、あやつめを買いかぶりすぎです。しっかりして下さい。

話題を変えるように辺りを見る阿弖流為。

阿弖流為　……随分と焼けてしまった。

立烏帽子　え。

阿弖流為　蝦夷の里だ。初めて、都から戻ってきたとき、戦に荒れた里を見て愕然としたが、まさか、自分の手で村に火をつけさせることになろうとはな。

立烏帽子　……勝利のためです。

阿弖流為　なあ、鈴鹿。

立烏帽子　はい。

阿弖流為　……俺は本当に、蝦夷の役に立っているんだろうか。

立烏帽子　え。

阿弖流為　皆に無理強いをさせてはいないだろうか。

立烏帽子　無理強い？

阿弖流為　もともと蝦夷は部族部族独立して生きていた。緩やかな関係の中で、それぞれの部族がそれぞれのやり方でこの地で暮らしていた。それを俺は、無理矢理一つにまとめた。

立烏帽子　何をおっしゃるのです。そうしなければ、とても帝人軍には太刀打ちできなかった。

阿弖流為　それはわかっている。でも、それは蝦夷本来の生き方ではない。

立烏帽子　この戦いが終われば元に戻ります。獣を追い魚を捕り木の実を拾う。森と川と山とともに生きて荒覇吐の神を祭る元の暮らしに。
阿弖流為　どうやって終える、この戦を。烏帽子も見ただろう、都の栄えを。帝はその財力と人をつぎ込み俺達蝦夷を叩こうとしている。あの帝の妄執をどうやって絶てばよいのか。俺にはその方法がどうにもわからない。
立烏帽子　……阿弖流為様。
阿弖流為　……俺は本当に荒覇吐の神に許されたのだろうか。
立烏帽子　それは確かに。でなければ、今我等がここにこうしていられるはずがない。
阿弖流為　……鈴鹿、お前は忘れてしまったか。この里を捨てて、名も知らぬ土地で二人で暮らそうと誓った、あの日の思いを。
立烏帽子　え。
阿弖流為　お前は俺に言った。俺がこのまま蝦夷として生きるときっと不幸になると。いずれ帝の軍が北の国を襲う。その時長の息子である俺は必ず立ち向かい、その命を落とす。そうなる前に全てを捨てて都でともに暮らそうと。
立烏帽子　そして道を誤り神の山に入った。そして神の獣を殺した。
阿弖流為　ああ、そうだ。
立烏帽子　あの時、あなたは神の怒りよりも私を選んだ。それは許されぬ事だ。
阿弖流為　……だから俺達には呪いがかかった。

立烏帽子　今でもか。今でもそなたは、この国を捨てたいか。神を捨てて女と生きたいか。
阿弖流為　いや、それは。
立烏帽子　なぜ口ごもる。それはできないことだ。してはならないことだ。だから私は――。
阿弖流為　え。
立烏帽子　……いや。私は何を言っている。

ふとあたりを見回す立烏帽子。

立烏帽子　そうか……。そういうことか。
阿弖流為　どうした。
立烏帽子　あやうく呪いにかかるところでした。
阿弖流為　呪い。
立烏帽子　あなたの心の揺れにつけこまれいつの間にか。さあ、出て来やれ！

立烏帽子が紅玉をかざす。
赤い光が稀継の姿を捕らえる。

阿弖流為　あれは確か。

立烏帽子　右大臣藤原稀継。
稀継　ほほう。よく見破られた。
阿弖流為　ここまで一人で乗り込むか。が、それは無謀。

打ちかかる阿弖流為。が、稀継は涼しい顔。阿弖流為の剣が効かない。

阿弖流為　なに。
稀継　……残念ながら、剣は効かぬぞ。
立烏帽子　阿弖流為様、こやつは幻。邪念の塊です。今、その邪気、散らしましょう。

立烏帽子、紅玉を掲げる。が、その赤い輝き、稀継にはね返される。

立烏帽子　く！（よろめく）
阿弖流為　烏帽子。
立烏帽子　想像以上に念が強い。一人の力ではないな。

と、ぼうっと浮かび上がる御霊御前。

御霊　無駄はおよしなさい、蝦夷の長。
立烏帽子　まさか……。あれが、帝の巫女。
御霊　ほう、面白い者がいますね。
立烏帽子　面白い？　面白いと。この立烏帽子を。
御霊　お前が阿弖流為ですか。大和を苦しめる憎い男。しかし礼も言わねばなりませんね。お前がいなければ、我が弟は蝦夷討伐の任は受けなかったでしょう。
阿弖流為　弟だと。貴様、田村麻呂の姉か。
稀継　いかにも。帝を護る大和一の巫女、御霊御前。
阿弖流為　く。
立烏帽子　阿弖流為様。あれも幻。おそらく実体は都に。
阿弖流為　俺は夢を見ているのか……。
御霊　その通り。この国に眠りの粉をかけ夢を見せるのが、帝の仕事。日の国統一という夢を。
阿弖流為　なに。
御霊　帝がなぜこの国を一つにまとめようとしているかご存じか。海の向こうに眠れる獅子の大陸あり。
稀継　その国が牙を剝いてこの国を飲み喰らわんとした時、もしこの日の国がばらばらならばどうする。

阿弖流為　……それは。

稀継　そう。敵から我が身を護るためには、我が身を一つにする。

御霊　日の国は帝のもと一つになる。それこそがこの国を護る術。

立烏帽子　そのような夢幻《ゆめまぼろし》を。

稀継　夢幻こそが国をまとめる。一つの国一つの民という幻を見続けることが大事なのですよ。

阿弖流為　ならばその幻、この阿弖流為がうち破ってやろう。

稀継　これはこれは。面白いことを言う。

阿弖流為　面白い。

御霊　だって、あなたがやっていることは帝と同じではありませんか。

阿弖流為　なに……。

稀継　お前こそ蝦夷の夢。蝦夷の国を一つにして我ら大和を追い払う。違いますか。

立烏帽子　阿弖流為様。気をつけて。きゃつらの言葉は呪いの鎖です。

が、阿弖流為は稀継達の言葉に引き込まれる。

御霊　お前こそ蝦夷の希望。希望がある限り人は戦う。そう、お前がいる限り戦は終わらない。

稀継　希望は絶望、かなわぬ夢こそもっとも見てはならぬ夢。
御霊　阿弖流為、お前こそ蝦夷の悪夢なのですよ。
阿弖流為　俺は悪夢ではない！（剣をかまえる）
立烏帽子　答えてはいけない。答えると取り込まれますぞ。
御霊　もう遅い。
稀継　既にその身体は我らの虜。

剣を構えた阿弖流為、硬直する。

立烏帽子　阿弖流為！
御霊・稀継　下がれ‼

立烏帽子と阿弖流為の間に思念の壁が作られる。金縛りにあう立烏帽子。

立烏帽子　阿弖流為、目を覚ませ！　なぜだ、なぜ私の言葉が届かない。
稀継　ふふ。帝と凶《まが》の都の呪力はそれだけ強いと言うことです。

口調を一転、御霊と稀継、優しく阿弖流為に囁きかける。

御霊　さあ、阿弖流為殿。今こそ悪夢は終わらせましょうぞ。
稀継　今こそ戦を終わらせましょうぞ。
御霊　その剣を収めましょうぞ、その気高き御身に。
稀継　優しくゆるゆると、寂しき女性《にょしょう》を慰めるように。
御霊　その赤き血は北の大地に流れ。
稀継　荒覇吐の神もその血に酔い。
御霊　永遠《とわ》の眠りにつこう。

阿弖流為、身動きが出来ない。

稀継　それで戦は終わり。
御霊　勇者も深き眠りにつく。
稀継　未来永劫。
御霊　永遠《とわ》の眠りに。

阿弖流為が、ゆっくり自分の剣を自分の喉元に持って来る。

立烏帽子　阿弖流為！

その時、蛮甲が剣を持って飛び込んでくる。

蛮甲　命はもらった、阿弖流為!!

立烏帽子　蛮甲、おのれは！

蛮甲　二人とも身動き出来ねえ今が機会だ。

立烏帽子　お前、なにを！

蛮甲　お前達を殺し、それを帝人軍のせいにする。俺が、蝦夷の長になる。

立烏帽子　そんなことが。

蛮甲　できるね。俺はその手を大和から教わった。田村麻呂殺しは、そこの稀継の計略だ。

阿弖流為　田村麻呂を！　大和め、そこまで!!

彼の身体を激しい怒りがかけめぐる。

蛮甲　お前もあとを追いな！

と、斬りかかる蛮甲。が阿弖流為、重い動きながら剣を動かし、寸前でその剣を受ける。

その口から獅子吼の如き叫びが迸《ほとばし》る。

阿弖流為　絶てよ我が剣、言葉の鎖を！

剣をふるい呪縛を解く阿弖流為。
吹っ飛ぶ蛮甲。
その反動でよろめく御霊と稀継。

立烏帽子　阿弖流為！

立烏帽子の呪縛も解け、自由になる。

御霊　まさか。
稀継　我らの呪縛を。
阿弖流為　自らの将軍を殺してまで、戦意を上げるか。敵の族長を呪い殺して勝利を掴むか。それが帝の戦《いくさ》なら、なんと汚い手を使う。蝦夷はやらぬ。そのような卑怯な戦は断じて行わぬ‼

怒りに剣を掲げる阿弖流為。

阿弖流為　我が身この地にあり。我が心この民にあり。我が名は阿弖流為。誇り高き蝦夷の族長なり。貴様らの思い通りにはいかない。去れ、帝の巫女！

その意志の力が、御霊と稀継の念をうち払う。二人の姿がかき消える。

蛮甲　てめえ、化け物か……。

蛮甲を睨み付ける阿弖流為。

蛮甲　ひい！

勝算無しと悟った蛮甲、駆け去る。

立烏帽子　おのれ、蛮甲。

と、追おうとするが、阿弖流為が膝をつくので、そちらが気になる。

立烏帽子　阿弖流為。
阿弖流為　もういい、追うな。
立烏帽子　しかし。
阿弖流為　あれもまた戦の、いや俺の犠牲者かもしれん。
立烏帽子　そんなことはない。
阿弖流為　（立烏帽子の否定は聞き流し）それに少し疲れた。

膝をつく阿弖流為。

立烏帽子　帝の巫女の呪術をお破りになられたのだ。お休みになるがいい。
阿弖流為　……ああ。次は恐らく総攻撃だろうからな。

と、よろよろと立ち上がると窟に戻ろうと歩き出す阿弖流為。
立烏帽子、一人、天を仰ぎ悔しそうに呟く。

立烏帽子　……帝の巫女如きに封じられるとは、我が力、ここまで落ちたか。

と、気持ちを変えて阿弖流為に声をかける。

立烏帽子　阿弖流為様。お待ち下さい。お身体お支え致しましょう。

阿弖流為　すまんな。

等といいながら二人去る。

物陰から姿を見せる蛮甲。

蛮甲　都の巫女までぶっ飛ばしやがった。あの男、化け物か。（頭をふる）かなわねえ。あんな奴にかなうわけがねえ……。畜生、畜生。

悔しがりながら去る蛮甲。

×　×　×　×

闇の中、稀継と御霊御前が浮かび上がる。

二人ともいささか疲労の呈。

稀継は日高見、御霊は都と遠く離れてはいるが、念の力で会話をしている。

御霊　我らの呪縛を自ら解き放つとは。阿弖流為という男、なんと強い意志を持つ。

稀継　焦りなさるな、御霊殿。呪力で蝦夷の長の命が取れれば、それに越したことはないと仕掛けた策。し損のうたとはいえ、我らの有利に変わりはございませぬ。

御霊　ええ。あの阿弖流為の胆力は随分と削ったはず。これで一気に攻め込めまするぞ、右大臣。

稀継　おう、それは確かに。

御霊　勝って下されよ、稀継様。

稀継　必ず。でなければ、弟君を人柱にした甲斐がない。

御霊　田村麻呂は私も御せぬ乱暴者。帝のお役に立てたと知れば、あの子もあの世で喜ぶでしょう。

稀継　これはなんともお優しい。

御霊　ええ。すべては帝の日の国支配のため。そのための柱ならば、いくつでも立てましょうぞ。

稀継　心得た。

二人、ほくそ笑むと闇に消える。

——暗　転——

【第十景】

隠れ谷。川岸の粗末な小屋。

薄い布団に横になって眠っている田村麻呂。

身体と目に包帯が巻かれている。

ゆっくり起き上がると、そばにある水瓶の水を飲もうと手探りで這っていく。

手探りで柄杓《ひしゃく》をつかみ、水を飲む。

傷の治りを確かめるように身体を動かす。まだ痛むが、それなりに動くようで、納得したのか軽くうなずく。

と、蝦夷姿の女性が入って来る。山菜摘みにでていたのだろう。持っている籠の中に山菜が入っている。彼女の名は鈴鹿。その顔は立烏帽子に瓜二つである。蝦夷の首飾りをしている。

起きている田村麻呂を見て慌てて声をかける。

鈴鹿　田村麻呂様。

田村麻呂　鈴鹿か。
鈴鹿　はい。大丈夫ですか、一人で起きられて。
田村麻呂　ああ、もう傷の方は随分いい。
鈴鹿　よかった。一時はだめかと思いましたが。
田村麻呂　お前の手当がよかったのだ。改めて、礼を言う。
鈴鹿　いえ、そんな。

床に戻ろうとする田村麻呂に手を取る鈴鹿。

鈴鹿　あ、こちらです。
田村麻呂　（その手触りに）……美しい手だな。
鈴鹿　見えるのですか。
田村麻呂　いや、目はまだ。だが、そう感じた。

鈴鹿、田村麻呂を座らせると、手を放し離れ自分の手を触る。

鈴鹿　日々の暮らしに追われ、がさがさの手です。美しくはありません。
田村麻呂　いや、それがいい。都のただ柔らかいだけの女の手とは違う。命を支えている手だ。

鈴鹿　この俺も、その手に支えられた。あなたのお身体がお丈夫だったのです。私はただ、その手助けをしただけ。あとはその目が見えるようになれば。

田村麻呂　……どうだろうな。

鈴鹿　え。

田村麻呂　この目が開かぬのは傷のせいではない。そんな気がする。

鈴鹿　そうなのですか。

田村麻呂　ああ。俺は一番信用していた人に裏切られた。利用されていることにも気づかずに、戦を起こし、大和と蝦夷、どちらの命も無駄に奪ってしまった。あの時から俺の目は節穴だったのだ。今更見えなくなっても当然の報いだよ。

鈴鹿　そんな捨て鉢な。

田村麻呂　捨て鉢か。そうかもしれぬ。俺が今、生きているのはな。お前のおかげなんだよ、鈴鹿。

鈴鹿　ですから、それはあなたご自身のお力。

田村麻呂　俺の中に生きる力があるとすれば、その力を目覚めさせてくれたのが、お前なんだ。

鈴鹿　え。

田村麻呂　あの時の俺の心は絶望の闇に閉ざされていた。この川岸でお前が助けてくれなければ、確実に死んでいた。そうならなかったのは、死んではならないというお前の強い心を

鈴鹿　感じたからだ。

田村麻呂　……。

鈴鹿　ああ、そうだ。大和に裏切られた男が、蝦夷に救われた。

田村麻呂　……今の私は蝦夷とは言えません。

鈴鹿　え。

蝦夷の神、荒覇吐の怒りを買い、一族を追放された女です。本当ならとっくに命を失っていた。でも、神のわずかの慈悲により、この隠れ谷の中でだけ生きていくのを許された身。

田村麻呂　蝦夷の神の？

鈴鹿　はい。愛した人と二人、蝦夷を捨てようとして神の怒りを買いました。その人は命を懸けて私を護ってくれた。

田村麻呂　……なんだと。

鈴鹿　蝦夷の掟にそむくなど、本当に二人とも若く愚かだった。荒覇吐が私を生かしてくれているのは、この谷でその方の供養をしろということだと思って過ごしてきました。そこに流れ着いたのが、田村麻呂様です。これ以上、誰も死なせてはいけない。あの人が私を助けてくれたように、私も誰かの命を救う。その想いで必死でお世話をしたのです。

田村麻呂　……その男の名は何という。

鈴鹿　え。
田村麻呂　お前が愛した男の名だ。荒覇吐の怒りを買い蝦夷の里を追われた男の名だ。
鈴鹿　阿弖流為。その人の名は阿弖流為。
田村麻呂　……やはり、そうか。
鈴鹿　ご存じなのですか。
田村麻呂　ああ。よく知っている。何度も命を賭けて戦った。
鈴鹿　え。
田村麻呂　生きているよ、阿弖流為は。お前が愛した男は、今では蝦夷の長となって、大和の兵と立派に戦っている。ああ。帝人軍よりもよほど武士《もののふ》の心で戦場に立っている。
鈴鹿　……そうですか。よかった、本当によかった。
田村麻呂　……ああ。
鈴鹿　（ハッとして）でも田村麻呂様と阿弖流為様は敵味方となるのですね。
田村麻呂　……そうだな。だが。
鈴鹿　え。
田村麻呂　いや……。
鈴鹿　ああ、すみません。自分のことばかり話して。今、夕餉《ゆうげ》をお作りします。いつもと同じ山菜がゆですが。
田村麻呂　お前の山菜がゆは絶品だ。

鈴鹿、笑って籠をもって外に出る。
一人になる田村麻呂。ふと思い至る。

田村麻呂　阿弖流為の想い人に命を救われるとは、とんだ因縁だ。……だが、あいつと逃げたのが鈴鹿なら、あの立烏帽子とは何者だ……。

と、血相を変えた鈴鹿が戻ってくる。

鈴鹿　お逃げ下さい、田村麻呂様！
田村麻呂　どうした。
鈴鹿　怪しい男達が剣を持って。きっと追っ手です。

と、兵を二人ほど連れた佐渡馬黒縄が現れる。

黒縄　逃がしはせんぞ、田村麻呂。
田村麻呂　その声は、佐渡馬黒縄か。なぜここに。
黒縄　お前の死体が見当たらぬので探せとの、稀継様の命でな。まだ生きていたとはまったたくしぶとい男だ。

と、手探りで偽刀を探す田村麻呂。

黒縄　その様子。お前、目が見えないな。となれば、始末はたやすい。

黒縄、置いてあった田村麻呂の偽刀を奪うと、田村麻呂を殴る。

田村麻呂　ぐは！

黒縄　天下の征夷大将軍もこうなると哀れなものだ。いや、最初から死ぬために用意された将軍様だったたな。（と、また殴る）

田村麻呂　おのれ。

その黒縄にすがりつく鈴鹿。

鈴鹿　おやめ下さい。同じ大和の方がなぜ⁉

黒縄　さわるな、汚らわしい！

鈴鹿をふりはらう黒縄。

黒縄　蝦夷如きが！（と、鈴鹿を蹴る）

悲鳴を上げる鈴鹿。

田村麻呂　やめろ、その人に手を出すな！

黒縄　蝦夷に助けられ情が移ったか。大和の誇りを忘れたか、田村麻呂。

田村麻呂　貴様に誇りを語る資格があるか。

黒縄　やかましい！（と、田村麻呂を蹴る）貴様の死体を持っていけば、都で大臣の位をいただけると稀継様のお約束だ。ちゃんと書状ももらっている。

と、懐から書き付けを出す黒縄。

黒縄　俺の立身出世のため、死ね、田村麻呂。

と、刀を抜く黒縄と部下の兵士。
鈴鹿が黒縄にすがりつく。

鈴鹿　逃げて！　逃げて下さい、田村麻呂様！

黒縄　だから汚い蝦夷の手で触るんじゃねえ‼

と、鈴鹿を引き剝がすと斬る黒縄。

鈴鹿　きゃああ‼

と、田村麻呂のそばに倒れる鈴鹿。

田村麻呂　鈴鹿、鈴鹿！

と、鈴鹿の血塗れの手が田村麻呂の顔に触れる。目の包帯が赤く染まる。

黒縄　往生しろ、田村麻呂！

黒縄が剣を振り下ろす。田村麻呂、剣風を感じそれを寸前でかわす。田村麻呂の目の包帯が二つに斬られる。

包帯を取る田村麻呂。怒りが田村麻呂の心を動かしたのか、きつく閉じた二つの目が、
カッと大きく見開かれる。田村麻呂、開眼。

田村麻呂　おのれ、黒縄。たとえ蝦夷であろうとも、罪なき女にこの仕打ち。大義もなければ義もあらず、外道の所業と知るがいい‼

黒縄に睨みを効かす田村麻呂。その眼力にたじろぐ黒縄。だが気力を振り絞り。

黒縄　やかましい。死ねい！

打ちかかる黒縄の剣をかわしその腕を取り剣を奪う田村麻呂。逆に黒縄を斬る。

黒縄　（傷をうけながらも）お前達、何をしている。斬れ斬れ！

黒縄の命に、田村麻呂に襲いかかる兵士。だが、それも一刀両断。
逃げようとする黒縄を捕まえる田村麻呂。

田村麻呂　佐渡馬黒縄、貴様の所業、天が許してもこの田村麻呂が許しはしない‼

黒縄を斬る田村麻呂。黒縄、絶命。
倒れている鈴鹿に駆け寄る田村麻呂。

田村麻呂　鈴鹿。これがお前の顔か……。

鈴鹿　……田村麻呂様……。

田村麻呂　すまない、俺のために。

鈴鹿、首飾りをとり、田村麻呂に差し出す。

鈴鹿　田村麻呂様……。阿弖流為様と、お二人、仲良うはできませぬか……。

田村麻呂　え。

鈴鹿　お願いします……。

田村麻呂、首飾りを受け取る。彼の手を握る鈴鹿。が、その手から力が抜ける。

田村麻呂　鈴鹿！

鈴鹿、息絶える。かき抱く田村麻呂。ひとしきり抱くと、ゆっくりと彼女を横にする。
手を合わせる田村麻呂。

田村麻呂　すまない、鈴鹿。この世の闇から目をつぶるなどという俺の心の弱さが、お前を殺してしまった。だが、俺はもう目をそむけん。ああ、この目でしっかり、見届けてやる。この戦の行方をな！

偽刀を摑み先を見据える田村麻呂。

——暗　転——

【第十一景】

戦場。

阿弖流為率いる蝦夷軍に総力戦を仕掛けている帝人軍。

帝人軍を率いているのは稀継。

稀継　皆の者、怯むな。田村麻呂将軍の無念を晴らせ。蝦夷の長阿弖流為の首を取って都に戻るのだ。

兵士達、蝦夷に襲いかかる。

阿弖流為に襲いかかる飛連通、翔連通。

飛連通　見つけたぞ、阿弖流為。

翔連通　田村麻呂様の仇、今こそとる。

阿弖流為　田村麻呂を殺したのは、大和だ。

飛連通　ふん。なにを戯れ言を。

翔連通　今更逃げ口上か。

阿弖流為　やはりな。素直にこちらの言葉に耳を貸す貴様らではないか。

飛連通、翔連通と阿弖流為、剣をかわす。

兵達の戦いの中に三人、消えていく。

×　×　×　×

戦場、別の場所。

蛮甲と熊子が逃げている。

蛮甲　急げ、熊子。帝人軍が総攻撃だ。もう蝦夷もおしめえだ。俺達は、蝦夷の里を捨てて逃げる。

驚く熊子。

蛮甲　今の俺は蝦夷にも大和にも居場所がねえ。でも、大丈夫だ。俺とおめえなら、どこに行っても生きていける。なに、心配するな。そのうち風向きも変わる。生きてりゃ必ず俺に風が吹く。おめえをただの熊じゃあ終わらせねえよ。

と、行こうとした先に阿久津高麻呂と大伴糠持が現れる。

高麻呂　うわ、熊だ。
糠持　それと蝦夷か。
高麻呂　なんでもいい、やっちまうか。
蛮甲　にげるぞ、熊子！

と、反対側に行こうとするが、そちらからも帝人軍の兵。

糠持　逃がすな、やれ、やれ！

襲いかかる帝人兵。
必死で戦う熊子と蛮甲。次々に兵を倒す熊子。
が、剣を落とした蛮甲に高麻呂の斬撃。だが、熊子がかばって傷をおう。

蛮甲　熊子！　てめえ‼

高麻呂を斬る蛮甲。

糠持　おのれ！

と、熊子に糠持の斬撃。だが、蛮甲が糠持も斬る。帝人兵を倒す蛮甲と熊子。

蛮甲　やっつけた。やっつけたぞ、熊子。ひでえ傷だな。だが、大丈夫だ。俺がついてる。

だが、向こうからまた新たな帝人兵の気配がする。

蛮甲　だめだ、帝人軍の連中が囲んでやがる。逃げ切れねえ。

と、熊子、突然吠えて蛮甲を襲う。避ける蛮甲。

蛮甲　なんだ、どうした。

襲う熊子、避ける蛮甲。

蛮甲　やめろ、俺だ、蛮甲だ。

と、熊子、倒れている糠持を指す。

蛮甲　なんだ、そいつらは敵だ。

熊子、糠持をさしそのあと蛮甲を指す。

蛮甲　そいつを俺に？

また襲いかかる熊子。

蛮甲　まさか、お前、大和の兵になって自分を殺せと。

大きくうなずく熊子。

蛮甲　それはできねえ。できねえよ。

と、襲いかかる熊子。その攻撃の容赦のなさに蛮甲、熊子の本気を察する。

蛮甲　どうしてもやれ。そういうのか。

熊子、蛮甲を襲う。

蛮甲　……わかった、すまねえ。

と、蛮甲、熊子を斬る。

蛮甲　すまねえ、すまねえ、熊子。

倒れる熊子。

蛮甲、自分の刀で顔を斬る。悲鳴を上げるが、痛みをこらえる。

蛮甲　……こうやって顔を変え、次は着てるもんだ。

倒れている兵の烏帽子と鎧を奪う。烏帽子を被り鎧を持ったまま、遠くの兵に声をかける。

蛮甲　（大声で）熊だ！　蝦夷が使う大熊だ！　たった今、この俺が討ち取った‼

熊子の亡骸に声をかける蛮甲。

蛮甲　俺は生き延びるぞ、熊子。大和の兵に化けてでも、生き延びてやる。蝦夷一生き意地の汚え男、それがこの蛮甲様だ。

帝人兵の方に歩いて行く蛮甲。

×　×　×　×

達谷の窟近く。
攻めてくる帝人軍。
阿毛志、阿毛斗、阿毛留も戦っている。が、阿毛志と阿毛留が帝人兵に斬り殺される。

阿毛斗　阿毛志！　阿毛留！

と、向こうでは大嶽もやられる。

大嶽　うわあ‼
阿毛斗　大嶽様‼

阿毛斗を狙う帝人兵。そこに阿弖流為が駆けつけ、辺りの兵を薙ぎ払う。立烏帽子も一緒だ。弓で兵を倒す。

阿弖流為　無事か、阿毛斗。
阿毛斗　ええ。ですが。阿毛留に阿毛志、それに大嶽様まで。
阿弖流為　……そうか。

と、そこに稀継が現れる。飛連通、翔連通が脇を固めている。

稀継　追い詰められたようだな、阿弖流為よ。
阿弖流為　藤原稀継。
稀継　御霊御前の呪力よく破った。だが、我ら大和と蝦夷では国の力が違う。覚悟することだな。
阿弖流為　俺の覚悟はただ、この北の里を守り抜くことだ。

稀継　ふむ。しょせん蝦夷。我らの言葉は通じぬか。者ども、蝦夷の兵は追い詰めた。皆殺しにせい‼

と、そこに田村麻呂の声が響く。

田村麻呂　お待ちなされい‼　この戦、この田村麻呂が預かった‼

と、姿を見せる田村麻呂。驚く一同。

阿弖流為　田村麻呂！
翔連通　若！
飛連通　ご無事でしたか、田村麻呂様。
田村麻呂　ああ、俺は生きている。残念でしたな、稀継殿。
稀継　ぬ。
田村麻呂　皆の者、よく聞け。俺はそこな藤原稀継殿に斬られた。俺の死を蝦夷のせいにすることで、みんなの志気を上げる。稀継殿の策略のために、俺は使われたのだ。

帝人軍に動揺が走る。

飛連通　では、阿弖流為が言うたことは……。
翔連通　まことだったというのか。
稀継　落ち着け落ち着け。この私が此方を襲うなどありえぬだろうが。そうか、哀れな事よ。
阿弖流為　将軍殿は命を取り留めたはいいが、頭をおかしくされたらしい。すべては蝦夷のせい。今は奴らを討ち滅ぼそうぞ。
田村麻呂　敵の将軍とはいえ、この阿弖流為、闇討ちなどは決してしない。
その通りだ。傷を癒していた俺を襲ったのは佐渡馬黒縄だ。それもまた稀継殿の命だったのだ。

と、黒縄が持っていた書状を出す田村麻呂。

稀継　あの愚か者が。

それを見る飛連通と翔連通。

飛連通　おお、これは確かに稀継様の印。
田村麻呂　みんな、この田村麻呂の言葉を信じてくれ。頼む！

と、帝人兵達、「おう」と応える。

稀継　違う。何かの間違いじゃ。その男の言葉はすべて嘘じゃ。みな、我を信じよ。

と、印を切る稀継。だが、立烏帽子が印を切り返している。

稀継　ぬ。

立烏帽子　先ほどは不意をつかれたが、ここは蝦夷の地。焦っているそなたの言葉の呪詛なら打ち消せる。兵を操ろうとしても、そうはいきませぬ。

稀継　くうう。

翔連通　子細をお聞かせ願いましょう。

と、抜刀して翔連通を斬りつけ、逃げ出そうとする稀継。
田村麻呂、偽刀で稀継の刀を打ち落とし、彼を押さえつける。

田村麻呂　逃がしはしない。稀継殿。

稀継　ぬぬぬ。田村麻呂侮ったり。

田村麻呂　こ奴の詮議はあとだ。縄をかけておけ。

飛連通　は。

翔連通、大した手傷を受けてはいない。飛連通と二人、稀継に縄をかける。そこにいた兵士達が稀継を奥に連れて行く。帝人軍でその場に残るのは田村麻呂、飛連通、翔連通のみになる。

阿弖流為　よく生きていた。

田村麻呂　蝦夷の女に助けられた。

阿弖流為　蝦夷の？

田村麻呂　ああ、彼女の名は鈴鹿という。

阿弖流為　え？

ハッとする立烏帽子。

田村麻呂　彼女はお前と一緒に逃げようとした。そこで荒覇吐の神の怒りを買い、隠し谷に封じ込められた。その谷でだけ彼女は生きられたのだ。稀継に斬られた俺は川に落ち、たまたまその谷に流れ着いた。

阿弖流為　待て、おかしい。鈴鹿はそこに……。
田村麻呂　ああ、そうだ。俺も不思議なんだ。俺を救ってくれたとすると、そこにいるのは何者だ。鈴鹿とそっくりの顔をしているが、彼女は黒縄に斬られて命果てた。
阿弖流為　なに。
田村麻呂　俺を護ってな。すまないことをした。だが、いまわの際に彼女は祈った。阿弖流為、俺とお前が手をとることをな。
阿弖流為　なんだと。
田村麻呂　これ以上、戦を続けて、無意味な殺し合いを続けてどうなる。

田村麻呂、偽刀を地面に置く。

田村麻呂　軍をひけ、阿弖流為。大和は、帝人軍は俺が責任を持ってまとめる。蝦夷は蝦夷の生き方で、大和とともに歩もう。二つの国が殺し合うこと以外にも道はあるはずだ。
阿弖流為　……それは和睦ということか。
田村麻呂　ああ。
立烏帽子　だめだ、阿弖流為。そんなことは許さぬ！
阿弖流為　なに。
立烏帽子　大和の言うことはすべて嘘偽り！　和議など名ばかり。今、剣を置けば、蝦夷は大和に呑み込まれるだけだ！

田村麻呂　違う！

立烏帽子　ええい、我らが長、阿弖流為をたぶらかす奸賊め。今この立烏帽子が退治てくれる！

と、田村麻呂に向けて弓を射る。

と、阿弖流為が、田村麻呂をかばってその矢を受ける。

田村麻呂　阿弖流為！　なぜ⁉

阿弖流為　こんな形でお前の命、とらせるわけにはいかない。

立烏帽子　何を血迷う。その男は敵の将。それをかばうとは、それでも蝦夷か！

阿弖流為　蝦夷だからだ。

立烏帽子　言うな！　お前は何度同じ過ちを繰り返す。一度は女を護って神の獣を殺し、今度は大和の将軍を護る。どこまで神の意志に逆らう！

阿弖流為　……お前は誰だ。

立烏帽子　なに。

阿弖流為　俺にはわからなくなった。お前は何者だ。本当に俺が愛した女なのか。いや、そもそも人なのか。

と、立烏帽子の表情と口調が変わる。

立烏帽子　……私の名を問うか、阿弖流為。
阿弖流為　……ああ。
立烏帽子　もう気づいておるのだろう。
阿弖流為　……荒覇吐。

その名に驚く一同。

立烏帽子　私は森であり山でありこの日高見の国である。それを人が神と呼び、荒覇吐と呼ぶのなら、それが私の名だ。
阿弖流為　では本物の鈴鹿は。
立烏帽子　そこな大和の男の言う通りだ。隠し谷に封じ込めた。神の呪いを受けてこの国を追われ、生き延びられるのは、おぬしくらいのものだ。その強き命故、私はかの女の姿を借りてお前をここに呼び戻した。
阿弖流為　……そんな。
田村麻呂　ばかな。神自らが俺の命を狙ったというのか。
立烏帽子　これは戦だ。人が神を殺そうとしている戦だ。

田村麻呂　なに。

立烏帽子　人が作った神を奉じるお前たち大和が、この日の国に息づく八百万の神の息の根を絶つ。それがこの戦の正体ではないか。だから私は阿弖流為を新たな戦神《いくさがみ》として呼び戻した。

阿弖流為　戦神。俺が。

立烏帽子　そうだ。荒覇吐の戦神白マシラを倒したお前は、蝦夷を護る新たなる戦神として、一族に殉じなければならない。それは、蝦夷の長としての誇りでもあろう。

阿弖流為　……それでは、本当に俺がいる限り戦はおわらないのか。奴らの言っていたことは真実なのか。

立烏帽子　都の魔性どもの戯言に耳を貸すな。ただ、私を信じろ。それが蝦夷が生き残るただ一つの道。

田村麻呂　いや、……もう一つ道はある。鈴鹿が示した道だ。俺とお前が、大和と蝦夷が手を取る道だ。

阿弖流為　……。

立烏帽子　聞くな、阿弖流為。その男の言葉は幻だ。

田村麻呂　そんなことはない。

立烏帽子　いくらおぬしが甘言を吐こうと、帝は、朝廷は絶対に認めない。和睦とは服従だ。帝の力が私を押しつぶす。蝦夷は戦え。戦って独立を勝ち取れ。

悩み沈黙していた阿弖流為が、ゆっくり口を開く。

阿弖流為　……それは神の都合だ。

阿弖流為を見る立烏帽子。

阿弖流為　人は戦いに疲れている。蝦夷の民に必要なのは、戦火におびえることなく眠れる夜だ。俺は彼らに安息を与えたい。
立烏帽子　見捨てるのか、私を。
阿弖流為　俺は、俺だけはいつもあなたのことを思っている。

と、それまで呆気にとられていた阿毛斗、立烏帽子の前に出てくる。

阿毛斗　もういいではありませぬか、荒覇吐の神よ。阿弖流為はもう充分に戦った。
立烏帽子　ええい黙れ黙れ！　巫女の分際で神に逆らうか！
阿毛斗　荒覇吐‼
立烏帽子　いいや、許さん‼

と、突然、阿弖流為の身体を支配する立烏帽子。剣をふるおうとする阿弖流為。

田村麻呂　阿弖流為！
阿弖流為　なにをする、荒覇吐！

渾身の力で立烏帽子の操る力をくい止める阿弖流為。

立烏帽子　田村麻呂を斬る。和睦はさせぬ。
阿弖流為　俺の身体をあやつるか。それでは、帝の連中と同じではないか。そこまで落ちたか、蝦夷の神よ！
立烏帽子　そうだ。落ちたのだ。私の力は。私がいながらお前を護れなかった。帝とその巫女のなすがままだった。このままでは私は消える。なぜ、私のために戦ってくれない。
阿弖流為　……それはできぬ。できぬのだ。
立烏帽子　ええい。だったら下がっていろ‼

あくまで抵抗する阿弖流為を脇にどかして自ら田村麻呂に襲いかかる立烏帽子。

阿弖流為　よせ、荒覇吐‼

神の拘束を跳ね返し、立烏帽子に剣を向ける阿弖流為。

立烏帽子　……お、おのれは。
阿弖流為　荒ぶる神よ。我が剣で鎮まれ。
立烏帽子　……おのれは冷たい男よのう。あの時は女を護るため我が分身を殺し、今はまた蝦夷のために我が息の根を絶つか……。
阿弖流為　……許せ。
立烏帽子　聞けぬ‼

二人の戦いは一瞬にして決まった。
阿弖流為の剣が立烏帽子の胸を貫く。

立烏帽子　……神とは、口惜しいのう……。
阿弖流為　蝦夷の長も、口惜しいわ……。
立烏帽子　……口ばっかり。
阿弖流為　いずれ我が魂はあなたのもとに行く。

立烏帽子を斬る阿弖流為。
彼女の姿、消える。

田村麻呂　阿弖流為、お前……。
阿弖流為　……しょせん俺は神殺しだ。

剣をぬぐい田村麻呂に差し出す。

阿弖流為　北の民蝦夷の長、阿弖流為。今、この剣をおさめ、征夷大将軍坂上田村麻呂のもとに降り伏さん。

田村麻呂、剣を受け取る。
縄をだす飛連通と翔連通。

田村麻呂　やめろ。
翔連通　え。
田村麻呂　咎人《とがにん》ではない。

飛連通　よろしいのですか。
田村麻呂　俺もこの手で黒縄達を斬った。こいつが神殺しなら、俺も味方殺しだ。
飛連・翔連　……。

田村麻呂の言葉を重く受け止め、縄をしまう二人。

阿弖流為　田村麻呂。くれぐれも蝦夷の民とその暮らしは。
田村麻呂　わかっている。これは和睦だ。大和に下ることを誓えば、蝦夷の暮らしぶりは護らせる。征夷大将軍の名に誓って。
阿弖流為　頼む。……もう一つ。
田村麻呂　ん。
阿弖流為　帝に会いたい。おぬし達大和を率いる男の顔、どうしても見てみたい。
田村麻呂　わかった。

田村麻呂、もっていた鈴鹿の首飾りを阿弖流為に渡す。

阿弖流為　これは……。
田村麻呂　……鈴鹿の形見だ。

阿弖流為、首飾りを受け取り思い入れる。
ゆっくり歩き出す阿弖流為。

阿毛斗　阿弖流為様。

見送る阿毛斗、うなずく阿弖流為。
続く田村麻呂と飛連通、翔連通。
全ては夕日の中に包まれる。
荒吐山が流す血の涙にも見える。

――暗　転――

【第十二景】

そして都。宮中。
中央に帝の玉座。当然御簾がかかっている。御霊御前が玉座の側に立つ。
かしずいている田村麻呂。

御霊　北の平定、ご苦労様でした。
田村麻呂　は。
御霊　阿弖流為を捕らえた働きは、帝も喜んでおられる。
田村麻呂　では、お願いしておりました蝦夷の件、何卒宜しくお願い致します。
御霊　何の話でしょう。
田村麻呂　税を納めさせる代わりに蝦夷達には自治を与えるという約定でございます。
御霊　それはならぬ。
田村麻呂　え。
御霊　と、帝は仰せられている。

田村麻呂　しかし。
御霊　帝にこれだけ逆らった蝦夷の一族、ただですませるわけにはいかない。
田村麻呂　お言葉ですが、蝦夷の長、阿弖流為は、味方につければ必ずや朝廷の力になる人物。
厳罰ばかりが正しい処置とは思えませぬが。
御霊　帝のご意志じゃ。何人たりとも覆せぬ。
田村麻呂　（御簾の向こうの帝に）お聞き下さい。蝦夷は高潔なる民、それを率いる阿弖流為も並々ならぬ男。一度こちらに下れば必ずや帝のお力に。

うおおおんとうなる声。その見えない力に田村麻呂たじろぐ。

御霊　さがれ、田村麻呂。帝はお怒りじゃ。
田村麻呂　なぜ⁉

そこに現れる稀継。

稀継　おぬしが罪人《つみびと》だからだよ、田村麻呂。
田村麻呂　稀継！　貴様、なぜ⁉
御霊　右大臣を呼びすてとは何ごとですか。

田村麻呂　私はこの男に殺されかけたのです。罪人というなら、奴めの方が余程ひどい。
稀継　と、ずっとこうなのです。おのれが佐渡馬黒縄殿を殺した罪を誤魔化すために、私に妙ないいがかりを。
田村麻呂　いいがかりなどではない。証拠もある。

と、懐から稀継から黒縄宛の書状を出す。と、御霊が手をかざすと、その書状が燃え出す。

手を放す田村麻呂。

田村麻呂　姉上、なにを！
稀継　者ども！

わらわらと現れた兵が田村麻呂を取り囲む。

稀継　坂上田村麻呂。佐渡馬黒縄を手にかけた罪、逃れることはできないぞ。
田村麻呂　実の弟が信じられないのですか、姉上！
御霊　ええ。稀継殿とそなたなら、帝の治世に必要なのは稀継殿。我らにも進むべき道があります。一時の情には流れるわけにはいかない。

田村麻呂　く。（偽刀を構える）
稀継　手向かいするか、田村麻呂。帝の前でその刀を構えれば、おぬしも帝に弓引く者。謀反人となるぞ。
御霊　今ならばその罰は蟄居《ちっきょ》ですむが、謀反となれば坂上家にも罪が及ぶ。お前の配下の兵も処罰される。坂上家は逆臣の汚名を着るぞ。それでもかまわぬのか、愚かなる弟よ。

しばらく考えるが、力が抜ける田村麻呂。

田村麻呂　……阿弖流為、すまん。

と、刀から手を放し緊張を解く。

稀継　田村麻呂に縄をかけよ！

と、兵達、田村麻呂を縛り上げる。

稀継　わかったたか、田村麻呂。ここは戦場《いくさば》ではない。都じゃ。都には都の法がある、理《ことわり》がある。残念ながら、ここで勝つのはこの私なのだよ。

田村麻呂　確かにそうかもしれないな。腐りきったこの都なら、腐りきった男の方が強い。

稀継　連れて行け。

兵達に引きずられていく田村麻呂。

×　×　×　×

兵士小屋。

最下層の兵士達が集まる小屋である。

そこで数人の兵達が噂話をしている。

兵1　聞いたか、田村麻呂将軍が捕まったらしいぜ。

兵2　なんでも悪路王の魔力にとりつかれ仲間の将軍を斬り殺したとか。

兵3　悪路王？

兵1　蝦夷の長だ。北の鬼と恐れられてるらしい。

兵2　一人で千人殺したとか。

兵3　そりゃ人じゃねえ、鬼じゃねえか。

兵1　そんな奴の首切りを命じられたのか。斬ったこっちが呪われちまう。

兵2　そうかもしれねえ。

兵1　冗談じゃねえ。そんなお役目、御免こうむるぜ。

と、その話を奥で聞いていた一人の兵士が声をかける。汚い鎧の上から、熊の毛皮を着ている。顔に大きな傷があるが蛮甲だ。

蛮甲　だったら俺が代わってやろう。
兵1　おう、熊殺しか。
兵2　熊殺し？
兵3　蝦夷が使ってた人食い熊を殺したんだよ、こいつは。
兵2　すげえじゃねえか。
蛮甲　まあな。そんなに北の鬼が怖いんなら、俺が代わりをしてやろう。
兵1　本当か。
蛮甲　その代わり酒の一杯でも飲ませてくれ。
兵1　おうおう。それですむなら安いもんだ。
蛮甲　……顔を変え、素性を隠したこの身の上。大和の都の掃きだめでこうして命を長らえた、はぐれ蝦夷の蛮甲が、廻りめぐって首切り仕事。さて運命《さだめ》とはおもしれえなあ。

と、刀を持って刑場に向かう蛮甲。

×　×　×　×

内裏内。裁きの間。

庭に座らされている阿弖流為。後ろ手に縄をうたれている。手荒な扱いを受けたのか、身なりが乱れて憔悴《しょうすい》している。拷問のあとか、傷もある。

そこに現れる稀継と都の兵。あとから続く蛮甲。

稀継　なんとも哀れな姿だな、阿弖流為。

阿弖流為　稀継、なぜおのれが。田村麻呂殿はいずこ。

稀継　きゃつめは捕らえられた。佐渡馬黒縄殿を殺した罪でな。

阿弖流為　なんだと。

稀継　あ奴もおぬしと同じ罪人《つみびと》だ。

阿弖流為　では、彼との約定は。

稀継　約定？

阿弖流為　蝦夷の暮らしを守るという約定だ。

稀継　蝦夷？　さて、何かな、それは。

阿弖流為　なに。

稀継　この日の国には大和の民しかおらぬ。帝が治めるこの国は、万世一系の帝とただ一つの民族で作られた神の国である。

阿弖流為　ばかな。

稀継　蝦夷などこの世にあってはならぬもの。
阿弖流為　まさか全滅させるつもりか！
稀継　それが帝のご意志。
阿弖流為　ふざけるな‼

立ち上がろうとするが、兵に押さえつけられる阿弖流為。

阿弖流為　それが、それが日の国の民の上に立とうという者のやることか！
稀継　言ってしまえば、おぬしらは人でもない。……鬼。であろう？
阿弖流為　おのれええ。（縄をほどこうとあがくが無理）
稀継　よせよせ。今のお前に荒覇吐の加護はない。その縄すら解けはしない。ただの人、いや、ただの鬼か。（蛮甲に）やれ。

刀を構える蛮甲。

蛮甲　無様な姿だな、阿弖流為。
阿弖流為　なに？（と、首切り役の正体に気づく）お前、蛮甲か。
蛮甲　おう、その蛮甲よ。

阿弖流為　貴様、そこまで落ちたか。
蛮甲　どこまでも落ちるさ。俺は蝦夷一生き意地の汚え男だ。いや、今じゃこの都一か。
阿弖流為　生き延びるためなら何でもすらあ。
く。
蛮甲　面白えなあ、阿弖流為。いろいろあったが、お前の命は結局この蛮甲の手の中にある。
阿弖流為　……これも定めだ。さっさとやれ。

座して目をつぶり首を差し出す阿弖流為。

蛮甲　阿弖流為、覚悟しな！

刀を振り下ろす蛮甲。
その刀、阿弖流為の縄を斬る。
縛めが解ける阿弖流為。

蛮甲　おっと、手がすべっちまったぜ。
稀継　おのれ、何を!?

蛮甲に襲いかかる兵。必死でかわす蛮甲。

阿弖流為跳ね起き、そばにいた兵の得物を奪うと、兵を倒す。

阿弖流為　蛮甲、お前！

蛮甲　俺も下司だがこいつらのやり方はあんまりだ。蝦夷が蝦夷を殺すんじゃ、面白くねえや。おめえがほんとに蝦夷の勇者なら、もう一暴れして大和の連中に一泡吹かせてやれ。

阿弖流為　わかった。逃げるぞ、蛮甲。そしてもう一度、大和と戦う。こやつらのやり方はよくわかった。

稀継　これはこれは甘く見られたものだ。この都も私も一筋縄ではいかないぞ。

大和の兵が阿弖流為達を取り囲む。

阿弖流為　どけい！

稀継に斬りかかる阿弖流為。

が、その剣は稀継に届かない。ぬらりと体をかわす稀継。

阿弖流為　なに。

稀継　呪いの都の凶《まが》の力に護られたこの身体。貴様ら邪宗の徒の剣など、触れることもできはせぬわ。

阿弖流為　くそ。

稀継　宮中である。下がれ、まつろわぬ民よ。

稀継の金縛りにあい動きを封じられる阿弖流為。そこを大和の兵が襲う。

蛮甲　阿弖流為！

蛮甲、阿弖流為をかばって大和の兵に立ち向かう。が、多勢に無勢、兵士の得物に切り刻まれる。

が、ボロボロになっても立っている蛮甲。

蛮甲　なめんじゃねえぞ。俺はこの都で一番生き意地の汚え男だ。そう簡単にはくたばらねえんだよ。

と、抵抗するも、兵達の一斉攻撃を受ける蛮甲。

蛮甲　こい、母霊の蛮甲、これにあり!!

大和の兵に斬られる蛮甲。

阿弖流為　蛮甲ー!!

と、蛮甲の身体を赤い光が包む。

蛮甲の姿、消える。

と、阿弖流為にも赤い光。稀継の金縛りが解ける。

稀継　ぬぬ。

阿弖流為　まさか……。（懐に手を入れると紅玉を出す）……荒覇吐。いや、これは蝦夷の魂か。

紅玉を握りしめ思い入れる阿弖流為。

稀継　ものども、やってしまえ。

阿弖流為　邪魔だ！

襲いかかる兵達を薙ぎ倒す阿弖流為。

稀継　なに⁉

阿弖流為　……許さぬぞ、大和。許さぬぞ、藤原稀継。

阿弖流為の表情も気迫も変わっている。

稀継　何度来ようと同じ事だ。お前の剣は私には届かぬ。

阿弖流為　そうかな。

稀継に襲いかかる阿弖流為。

稀継　無駄なことを――。

と、嘲笑おうとする稀継の胸に突き刺さる阿弖流為の刀。

稀継　な、なんだと。

阿弖流為　……今の俺は、神殺しの阿弖流為。お前たちが忌み嫌う北の鬼の長。呪いの力ならばこちらが上だ。

稀継　そ、そんなばかな……。

阿弖流為　覚えておけ。鬼は、人の道理では動かない。

稀継　ええい、口惜しい。侮ったり蝦夷、侮ったり阿弖流為。

稀継にとどめを刺す阿弖流為。

倒れる稀継。

阿弖流為　聞けい！　蝦夷は逃げず侵さず脅《おびや》かさず。だが、鬼は襲い脅《おど》し牙を立てる。邪《あ》しき神、姦《かだま》しき鬼と怖れるがいい。我が名は悪路王阿弖流為、北天の戦神《いくさがみ》なり！　帝に伝えよ、貴様が造りしこの都、北の悪鬼が恐怖の炎で燃やし尽くしてくれよう‼

駆け出す阿弖流為。

阿鼻叫喚に包まれる帝の都。

×　×　×　×

兵の声、女衆の声、騒ぎが宮中を包んでいる。

田村麻呂の屋敷。その中に座す田村麻呂。

戦装束の飛連通、翔連通が現れる。

飛連通　田村麻呂様。

田村麻呂　どうした。

飛連通　阿弖流為が、縛めを解き狼藉を繰り広げております。

田村麻呂　なに。

翔連通　宮中は北の鬼が降臨したと大騒ぎに。既に藤原稀継様がその手にかかってお亡くなりに。

田村麻呂　……そうか。さすがは阿弖流為だ。

飛連通　よろしいのですか。

田村麻呂　何が。

翔連通　このままきゃつめの好きに。

田村麻呂　俺は蟄居の身だ。帝の許しが出るまで屋敷を出るわけには行かない。

飛連通　しかし。

田村麻呂　お前達は女や怪我人を守ってやってくれ。俺の代わりに。

飛連・翔連　は。

駆け去る二人。残った田村麻呂はひとりつぶやく。

田村麻呂　……俺がやれることは、もう何もない。

と、そこに現れる幻影の鈴鹿。

田村麻呂　……お前は、荒覇吐⁉　いや、もしかしたら、鈴鹿か。

うなずく鈴鹿の幻影。

田村麻呂　そうか。このふがいない男を呪いにでも来たか。すまんなあ。お前の願い、かなえることはできなかった。

だが、ゆっくりかぶりを降る鈴鹿の幻影。

田村麻呂　なんだ、何が言いたい。

鈴鹿の幻影、一点を指差す。一条の光。そこに押収したはずの阿弖流為の両刃剣がある。

田村麻呂　これは阿弖流為の剣。これをどうしろと。

鈴鹿の幻影、何かを田村麻呂に託すように一礼すると、消え去る。

田村麻呂　おい、待て。俺はそういう謎かけは苦手なんだよ。

と、阿弖流為の剣を見る田村麻呂。

田村麻呂　……だったら。……だったら得意なもので行くしかないか。

剣を取り上げ、ぶんと降ってみる田村麻呂。

田村麻呂　確かにこの血は騒いでやがる。

剣を持ち、駆け出す田村麻呂。

×　×　×　×

逃げ込んでくる大和の兵。詠いながら彼らから奪った長槍で、兵を切り倒してゆく阿弖流為。

阿弖流為　わひとを　ひたり　ももなひと　ひとはいえども　たむかいもせず……。

そこにいた兵をすべてなぎ倒す阿弖流為。

阿弖流為　帝、帝はいずこ⁉

その向こうに帝の玉座。御簾が下がっている。が、人の気配。うおおんという呪詛の声がし、影が浮かび上がる。

阿弖流為　あれか！

玉座に駆け寄る阿弖流為。御簾をあげる。
そこに人の形をした着物の固まり。
阿弖流為が触ると着物は崩れる。

阿弖流為　なに。……帝は。帝は幻だと言うのか。

そこに御霊がしずしずと現れる。

御霊　いいえ、帝はおわします。この都に。

阿弖流為　……お前は帝の巫女。

御霊　いつぞやは。

阿弖流為　帝はいると言ったな。ではどこに。

御霊　いると思うところに。ただ、あなたには見えぬでしょうなあ。

阿弖流為　なに。

御霊　帝とは虚ろにして全て。天にして人。でなければ到底この国を一つにすることなど、かないますまい。

阿弖流為　そんな……。

御霊　貴様のような穢れた鬼に、帝の玉体が見えてたまるか。帝都を護るこの霊力で疾く滅びよ、悪路王。

御霊の呪力が阿弖流為を襲う。がその念すら弾き、御霊の喉元に剣を突きつける阿弖流為。

御霊　ば、ばかな。この私が。

阿弖流為　神の力はお前らだけのものではない。
田村麻呂　待て、阿弖流為！

そこに田村麻呂が駆けつける。手に阿弖流為の剛剣。そして偽刀も持っている。

阿弖流為　……田村麻呂。
御霊　おお、田村麻呂。

田村麻呂に駆け寄る御霊。

田村麻呂　姉上。その男は神でも鬼ではない。ただの人です。俺と同じ、ただの人です。でも、人として譲れないときはある。さあ、下がりたまえ、姉上！

御霊、田村麻呂の勢いに気圧されし、下がる。

田村麻呂　いろいろとすまなかった、阿弖流為。が、俺も大和の武人。都の民を護るためには、身体を張って立ち向かう。

蝦夷の剣を差し出す田村麻呂。

阿弖流為　お前……。

田村麻呂　大和にも男はいる。それだけは知ってくれ。

剣を受け取る阿弖流為。

田村麻呂、偽刀を構えると錠をはずし、抜き放つ。初めて真剣を構える田村麻呂。

阿弖流為　よい覚悟だ。

田村麻呂　まいる。

二人の戦いは静かに始まった。

やがてその剣は嵐となり、激しく打ち合う。力は伯仲。

田村麻呂　……阿弖流為、お前。戦神《いくさがみ》の力はどうした。

阿弖流為　お前とやりあうのにそんなもの使ったら、もったいないだろう。死力は尽くすさ、人としてな。

田村麻呂　そうか、では俺も遠慮なくいかせてもらう。

二人、再び仕合う。交差する二つの影。
刹那、勝負は決まった。
田村麻呂の剣が一瞬早く阿弖流為を貫いている。

阿弖流為　さすがだな、田村麻呂……。
田村麻呂　お前……。
阿弖流為　俺はしょせん呪われた戦神だ。滅びることで礎となる定めだ。
田村麻呂　なに。
阿弖流為　よく覚えておけ。これ以上蝦夷に手を出すときは俺は祟り神となる。荒覇吐と悪路王
　二つの祟り神がこの都を襲う。
田村麻呂　お前、それじゃあ……。
阿弖流為　頼んだぞ、田村麻呂。
田村麻呂　承知した。

剣を抜く田村麻呂。
阿弖流為、帝がいたはずの玉座によろけながら進むとそこに両刃剣を突き刺す。
赤い光がその身体を包み消え去る。

御霊　よくやった、我が弟よ。

玉座に寄ろうとする一同。

田村麻呂　近づくな！

ふりむき一同をにらみつける田村麻呂。

田村麻呂　……よいか、これより北の国は、この征夷大将軍坂上田村麻呂が預かるものとする。この田村麻呂でなければ、祟り神悪路王阿弖流為は抑えられぬ。この朝廷にも災いが及ぶぞ。

御霊　それは、しかし。

田村麻呂　よろしいな、姉上。よろしいな、帝！

田村麻呂の気迫に圧される御霊御前。

御霊　……帝もうなずいておられる。

うなずく田村麻呂。

玉座に刺した阿弖流為の両刃剣に一条の光が射す。

田村麻呂　……これでいいな。阿弖流為、鈴鹿。

天を見上げる田村麻呂。

×　×　×　×

そして、数年後。日高見の国。

阿弖流為と田村麻呂を模した巨大なねぶた。

それを押して出てくる生き残った蝦夷たち。

蝦夷の祭りである。

それを見ている田村麻呂。

ふと虚空を見上げる。

蝦夷の剣を構えて彼方を駆けていく阿弖流為の姿がかいま見える。その横には立烏帽子にも鈴鹿にも見える女性の姿がある。

その姿、空を駆ける禽の如く、草を走る獣の如し。

のびやかに自由な蝦夷の若者が、確かに彼の目には映っていた。

《阿弖流為》——終——

あとがき

『アテルイ』を歌舞伎にすると聞いたのは、いつだったか。

半分夢物語のような感じで、なんとなくそういう話題が出たのは、もう随分前のような気がする。

ただ、そういう話は山ほどあった。

「○○の再演を××でどうだろう」とか、いくつも上がっては、いつの間にか誰も口にしなくなる。『アテルイ』歌舞伎化もそんな感じだろうと思っていた。

「やれれば面白いな。でも染五郎さんもお忙しそうだし、まだまだ時間はかかるかな」などと呑気にかまえていたのだが、不意に現実のものとして立ち上がってきた。

阿弖流為役の市川染五郎さんに加え、坂上田村麻呂に中村勘九郎さん、立烏帽子役に中村七之助さん。歌舞伎でやるのなら彼らで行きたいという、最高の布陣だ。

このキャスティングを調整していたのなら、時間がかかるのも当然だ。

蝦夷の長、阿弖流為の物語は、もともと染五郎さんがいつか歌舞伎にしたいと暖めていた題材だ。

2000年の『阿修羅城の瞳』で成功をおさめ、第二弾をやりましょう。それも新作でという話をしている中で、彼の方が「実は……」ということで打ち明けてくれた。

自分もゴーストバスターとしての坂上田村麻呂に興味はあったので、「阿弖流為と言えば悪路王のことですよね」とピンときた。そこに当時の新橋演舞場の支配人から「ここはダブル花道ができるんだよ」という話を聞いて、僕もいのうえも、田村麻呂と阿弖流為の二英雄が両花道で見得を切る絵がはっきりと浮かんだ。この芝居、やってみたい。相当かっこよくなる。心が沸き立ったのを今でもよく覚えている。

染五郎さんが大切に温めていた企画を自分が書く。そのことにプレッシャーがなかったと言えば嘘になる。

だが、田村麻呂側に歴史上の人物を配置し、阿弖流為側に伝説上の人物を置き、歴史と神話が戦い神話の敗北を描くという目論見はそれなりにうまくいったと思う。

芝居の評判もよかったし、僕もこの作品で岸田戯曲賞をいただいた。

今回、歌舞伎台本として書き直すにあたり、田村麻呂と鈴鹿を大きく変更した。

初演では、田村麻呂の方が年齢を上にし人間的に成熟しているという設定にしたが、今回の田村麻呂は若い。

若い故に失敗もするが、理想にも生きる。その真っ直ぐさを勘九郎さんに託した。

以前は二人の女優さんに演じてもらっていた立烏帽子と鈴鹿を今回は七之助さんの一人二役にした。

手直しすることで、この物語がより有るべき形になった気がする。
手応えは充分だ。
まもなく稽古が始まる。
13年ぶりに板の上に蘇る「阿弖流為」がどんな形になるか。楽しみでたまらない。

二〇一五年五月

中島かずき

◇上演記録
松竹創業百二十周年
歌舞伎NEXT『阿弖流為』

《公演日時》
新橋演舞場七月歌舞伎
平成二十七年七月五日（日）〜二十七日（月）

大阪松竹座十月歌舞伎
平成二十七年十月三日（土）〜十七日（土）

《登場人物》
阿弖流為……市川染五郎
坂上田村麻呂利仁……中村勘九郎
立烏帽子／鈴鹿……中村七之助
阿毛斗……坂東新　悟
飛連通……大谷廣太郎
翔連通……中村鶴　松
佐渡馬黒縄……市村橘太郎
無碍随鏡……澤村宗之助
蛮甲……片岡亀　蔵
御霊御前……市村萬次郎
藤原稀継……坂東彌十郎

《STAFF》

作：中島かずき
演出：いのうえひでのり

美術：堀尾幸男
照明：原田 保
衣裳：堂本教子
音楽：岡崎 司
振付：尾上菊之丞
音響：井上哲司
　　山本能久
アクション監督：川原正嗣
立師：中村いてう
ヘアメイク：宮内宏明
演出助手：山崎総司
音楽助手：大塚 茜
舞台監督：芳谷 研

宣伝美術：河野真一
宣伝写真：渞 忠之
宣伝衣裳：北村道子
宣伝メイク：内田百合香
宣伝ウィッグ：宮内宏明
宣伝小道具：高橋岳蔵

制作：山根成之
真藤美一
住井浩平

製作：松竹株式会社

中島かずき（なかしま・かずき）
1959年、福岡県生まれ。舞台の脚本を中心に活動。85年4月『炎のハイパーステップ』より座付作家として「劇団☆新感線」に参加。以来、『髑髏城の七人』『阿修羅城の瞳』『朧の森に棲む鬼』など、“いのうえ歌舞伎”と呼ばれる物語性を重視した脚本を多く生み出す。『アテルイ』で2002年朝日舞台芸術賞・秋元松代賞と第47回岸田國士戯曲賞を受賞。

K. Nakashima Selection Vol. 23
阿弖流為

2015年7月1日　初版第1刷印刷
2015年7月10日　初版第1刷発行

著　者　中島かずき
発行者　森 下 紀 夫
発行所　論　創　社
東京都千代田区神田神保町 2-23　北井ビル
電話 03（3264）5254　振替口座 00160-1-155266
印刷・製本　中央精版印刷
ISBN978-4-8460-1457-5　

K. Nakashima Selection

Vol. 1—LOST SEVEN	本体2000円
Vol. 2—阿修羅城の瞳〈2000年版〉	本体1800円
Vol. 3—古田新太之丞 東海道五十三次地獄旅 踊れ！いんど屋敷	本体1800円
Vol. 4—野獣郎見参	本体1800円
Vol. 5—大江戸ロケット	本体1800円
Vol. 6—アテルイ	本体1800円
Vol. 7—七芒星	本体1800円
Vol. 8—花の紅天狗	本体1800円
Vol. 9—阿修羅城の瞳〈2003年版〉	本体1800円
Vol. 10—髑髏城の七人 アカドクロ／アオドクロ	本体2000円
Vol. 11—SHIROH	本体1800円
Vol. 12—荒神	本体1600円
Vol. 13—朧の森に棲む鬼	本体1800円
Vol. 14—五右衛門ロック	本体1800円
Vol. 15—蛮幽鬼	本体1800円
Vol. 16—ジャンヌ・ダルク	本体1800円
Vol. 17—髑髏城の七人 ver.2011	本体1800円
Vol. 18—シレンとラギ	本体1800円
Vol. 19—ZIPANG PUNK 五右衛門ロックIII	本体1800円
Vol. 20—真田十勇士	本体1800円
Vol. 21—蒼の乱	本体1800円
Vol. 22—五右衛門vs轟天	本体1800円